D1933379

Julia Boehme

Lesepiraten

Geheimnisgeschichten

Illustrationen von Julia Ginsbach

Loewe

Der Umwelt zuliebe ist dieses Buch
auf chlorfrei gebleichtem Papier gedruckt.

ISBN 978-3-7855-5898-0
Veränderte Neuausgabe 2007
1. Auflage 2007
© 2002 Loewe Verlag GmbH, Bindlach
Umschlagillustration: Julia Ginsbach
Reihenlogo: Angelika Stubner
Printed in Germany (017)

www.loewe-verlag.de

Inhalt

Die Quirx aus dem All

Was surrt denn da?
Leon ist plötzlich hellwach.
Lautlos schleicht er
von seinem Bett zum Fenster.
Draußen im Garten
landet gerade ein Ufo!
Schon öffnet sich eine Klappe.

Und aus dem Ufo spazieren
kleine, kichernde Wesen.
Sie sind quietschbunt
und haben drei Füße.
Als sie Leon entdecken,
winken sie ihm zu:
„Bitte komm doch mal her!“
Leon hat keine Angst.

Irgendwie spürt er,
dass die kleinen Dreifüßler
ganz freundlich sind.
„Wer seid ihr denn?“,
fragt Leon,
als er in den Garten kommt.

„Wir sind die Quirx“,
schnattert einer von ihnen.
„Und wir wollen ein Spiel
von euch Menschen lernen.
So eins mit einem runden Ding,
das ihr über den Rasen kickt.“

„Du meinst Fußball?“,
fragt Leon fassungslos.
„Ja, Fußball“,
jubeln alle Quirx.
„Wir wollen Fußball spielen!“
„Das kann ich euch zeigen“,
meint Leon.
Sofort holt er seinen Ball.

Die Quirx lernen schnell.
Mit ihren drei Füßen sind sie
bald fast besser als Leon.
Noch nie hat Leon Fußball
so viel Spaß gemacht.
Zum Abschied überreicht er
den Quirx seinen Ball:
„Den schenke ich euch!“
„Danke!“, jubeln die Quirx und fliegen
mit dem Ufo davon.

Als Leon am Morgen aufwacht,
schaut er in den Garten.
Natürlich ist da kein Ufo.
Alles ist wie sonst.
Leon kratzt sich am Kopf:
War etwa alles nur ein Traum?
Doch als Leon
seinen Fußball sucht,
ist der weg –
wie vom Erdboden verschwunden!

Der Zauberspruch

Gerade als Lars
die alte Frau überholt,
passiert es:
Ihre Einkaufstüte reißt.

Lauter Äpfel und Birnen
kullern auf die Straße.

Lars springt vom Roller
und hebt sie alle auf.
„Danke“,
murmelt die alte Dame.

Sie drückt Lars schnell
einen Zettel in die Hand.
„Das ist ein Zauberspruch.
Mit dem kannst du dir
etwas wünschen.“

Verwundert fährt
Lars nach Hause.
„Soll ich den Spruch
wirklich ausprobieren?“,
fragt er seine Schwester.
„Klar“,
nickt Lisa aufgeregt.

„Und was
soll ich mir wünschen?“,
überlegt Lars.
„Ich wüsste schon was“,
meint Lisa.

Sie flüstert es Lars ins Ohr.
Lars ist gleich einverstanden.
„Prima Idee!“,
lacht er.

Dann spricht er laut
den geheimen Zauberspruch.
Doch nichts passiert.
Gar nichts.
„Schaut euch das mal an“,
ruft Mama plötzlich
vom Balkon.
„Da sind zwei Hunde
in unserem Garten!“

Lisa und Lars staunen:
„Der Spruch hat ja
doch funktioniert!“
Und sofort sausen sie
runter in den Garten.

Der Geisterkuss

In den Ferien fährt Anna
wie immer zu Opa.
Bei Opa ist es toll.
Denn er wohnt in einer Burg.
Einer echten, uralten Burg!

„Und?“,
begrüßt sie Opa atemlos.
„Hast du inzwischen
den Geist gesehen?“
Opa schüttelt den Kopf:
„Wieder nicht.“
Weder Anna noch Opa
haben den Geist je gesehen.

Aber Opas Großvater
hat ihn einmal getroffen:
einen traurigen Geist
mit einem grünen Federhut.
Anna würde ihn zu gerne
einmal sehen.
Eines Nachts wacht sie auf.
Sie hört ein schreckliches,
fürchterliches Heulen.

Ist etwa Opa was passiert?
Doch Opa schläft
tief und fest.
Anna schleicht
die Treppe hinunter.
Im Kaminsaal sitzt ein Mann
mit grünem Federhut.

Er ist ganz blass,
fast durchsichtig.
„Entschuldigung“,
fragt Anna,
„sind Sie der Geist?“
„Ja, leider“,
jammert der Geist kläglich.

„Alle Hundert Jahre
muss ich spuken.
Und keiner erlöst mich."
Der Geist heult so laut,
dass Anna öfter fragen muss:
„Kann ich Sie nicht erlösen?"
„Aber ja! Natürlich!",
nickt der Geist eifrig.
„Du musst mich nur küssen!
Würdest du das tun?"

Der Geist schaut Anna
mit großen Augen flehend an.
Vorsichtig spitzt Anna
die Lippen und gibt
dem Geist einen Kuss.

„Danke, danke, danke“,
murmelt der Geist.
Dabei wird er immer blasser,
bis er ganz verschwunden ist.

Jetzt gibt es auf Opas Burg
keinen Geist mehr.
Anna ist deswegen aber
kein bisschen traurig.
Nur Opa hätte den Geist
auch noch gerne gesehen.

Die Flugmaus

„Runter von der Sonnenblume!“,
ruft Papa streng.
„Mäuse klettern nicht!“
Missmutig rutscht Anton
den Stängel hinunter.

„Dabei hat man von oben
so eine tolle Aussicht“,
mault er.
„Als ob man fliegen könnte!“

„So ein Quatsch",
unterbricht ihn Papa.
„Mäuse können nicht fliegen!"

Am Abend schleicht sich Anton
heimlich aus dem Mäuseloch.
Der alte Baum am Bach
ist ganz schief gewachsen.
Da kommt Anton ganz leicht rauf.

Er steht auf einem großen Ast
und sieht den Bach,
die Blumen, Bäume und Felder.
Anton breitet seine Arme aus.
„Vielleicht kann ich
ja doch fliegen!“,
denkt er und springt.

Aber Anton kann nicht fliegen.
Er fällt wie ein Stein.
„Hilfe! Hiiiiilfe!“,
ruft er
und hält sich die Augen zu.
Doch bevor Anton aufschlägt,
packt ihn jemand am Schwanz.
Vorsichtig blinzelt Anton
durch die Pfoten hindurch.

Eine Maus
mit großen schwarzen Flügeln
hat ihn gerettet.
Behutsam setzt sie Anton
am Boden ab.
„Vielen ... vielen Dank!“,
stammelt Anton.

Die fremde Maus lächelt:
„Das nächste Mal
fliegst du lieber mit mir."
Antons Augen leuchten:
„Wie wär's mit morgen?"

Die Maus nickt:
„Aber nichts verraten!"
Das würde Anton
doch eh keiner glauben.
„Klaro", verspricht er sofort.
„Mäuseehrenwort!"

Die Kristallkugel

Das Schulfest ist klasse!
Jan war schon beim Sackhüpfen
und beim Dosenwerfen.
Was steht denn da für ein Zelt?
Jan bekommt eine Gänsehaut,
gleich als er es sieht.

Jan lauscht.
Es ist ganz still im Zelt.
Irgendwie unheimlich.
Gerade will er gehen,
als eine Frau herausschaut.
Ihr Gesicht ist hinter
einem Schleier verborgen.
„Komm nur herein!“,
krächzt sie heiser.
Ihre Stimme klingt furchtbar.

„Ach ... lieber nicht“,
stammelt Jan.
Doch sie zieht ihn ins Zelt.
„Es tut gar nicht weh!“
Die Wahrsagerin kichert.
Ihr Lachen klingt ganz anders:
hell und freundlich.

Sie schaut
in die Kristallkugel.
„Ich sehe etwas“,
flüstert sie geheimnisvoll.
Jan hält es nicht mehr aus
und stürmt aus dem Zelt.

„Montag schreibst
du eine Sechs!“,
kreischt ihm die Frau nach.
Am Montag will Jan
nicht zur Schule.
Heute schreiben sie ein Diktat.

Sicher bekommt er
jetzt eine Sechs!
Doch Jan irrt sich.
Das Diktat ist ganz einfach.
Bestimmt hat er kaum Fehler.
Er schreibt gar keine Sechs:
Die Wahrsagerin hat gelogen!

Beim Rechnen muss Jan
an die Tafel.
Dort steht:

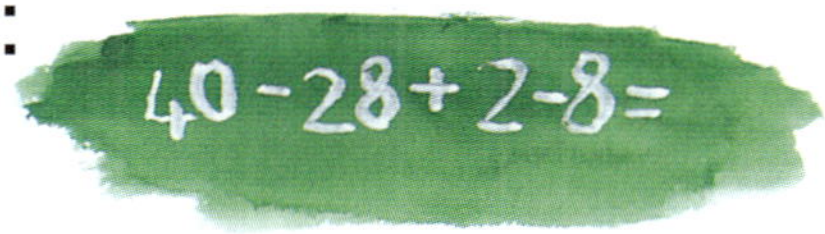

Jan schreibt mit der Kreide
eine schöne, große Sechs.

„Jetzt habe ich doch noch
eine Sechs geschrieben!“,
fährt es ihm durch den Kopf.
Die Lehrerin kichert.
Und Jan erkennt sofort
das helle, freundliche Lachen.

Das Einhorn

Mitten in der Nacht
wacht Clara auf.
Was hat sie nur geweckt?

Clara schaut aus dem Fenster.
Es ist Vollmond.
Clara sieht die Ponys
hinten auf der Weide.

Alles scheint ruhig.
Aber was ist das denn?
Clara reibt sich die Augen.
Da hat sich ja
bei den braunen Ponys
ein weißes eingeschlichen.
„Wo kommst du denn her?“,
murmelt Clara verwundert.

Der Schimmel schaut
auf einmal zu Clara herüber.
Und da sieht sie es:
Das silberweiße Pony hat
ein langes goldenes Horn
auf der Stirn.
„Ein Einhorn!“,
ruft Clara.

Vielleicht ruft sie es
ein bisschen zu laut.
Mit einem Satz
springt das Einhorn
über das Gatter.
Und ist verschwunden.

Im Frühling bringt eine
der braunen Stuten
ein schneeweißes Fohlen
zur Welt.
„Das kann doch nicht sein!“,
sagt Papa.

„Doch“,
lächelt Clara.
Sie streichelt das Fohlen.
Es hat zwar kein Horn.
Aber stattdessen
einen goldenen Stern auf der Stirn.

Das Dachbodenmonster

Jonas zieht sich die Bettdecke
über den Kopf.
Da ist es schon wieder:
ein Tapsen, Wummern
und Kichern.
Irgendwie unheimlich!

Seit sie umgezogen sind,
hört Jonas es jede Nacht.
Es kommt vom Dachboden,
direkt über seinem Zimmer.
Da! Schon wieder!
Jetzt reicht es Jonas.
Er muss einfach wissen,
was da oben los ist.
Er schleicht auf den Flur.
Auf Zehenspitzen klettert er
die steilen Stufen
zum Dachboden hinauf.

Erst ist es stockfinster.
Doch dann scheint der Mond
durch die Dachluke.
Und da kann Jonas
es plötzlich sehen:
ein kleines struppiges Etwas.
Ein echtes Dachbodenmonster!

Fröhlich springt es
von einem Karton zum nächsten.
„Hatschi“, niest Jonas,
denn hier oben ist es staubig.
Das Monster versteckt sich
schnell zwischen dem Gerümpel.

„Hast du mich gesehen?“,
fiept es ängstlich.
„Ja“,
gibt Jonas zu.
„Dann muss ich ja wegziehen!“,
schluchzt das kleine Monster.
„Wieso denn?“,
fragt Jonas.

„Das ist eben so:
Wenn uns jemand gesehen hat,
müssen wir umziehen“,
erklärt das Dachbodenmonster.
„Dabei ist es hier so schön!“,
schnieft es.
„Und wenn ich dich nun
doch nicht gesehen hätte?“,
fragt Jonas vorsichtig.

„Dann könnte ich bleiben“,
murmelt das Monster.
„In Wirklichkeit hab ich
dich gar nicht gesehen“,
flunkert Jonas
und steigt die Treppe runter.
Und wenn Jonas es jetzt oben
tapsen und kichern hört,
hat er keine Angst mehr.
Kein bisschen.

Der geheime Wunsch

„Muss das sein?“,
denkt Nina ärgerlich.
Ausgerechnet neben sie
muss sich die Neue setzen.
„Hallo, ich heiße Pia“,
sagt die Neue freundlich.

Nina kramt in ihrem Ranzen.
Pia interessiert sie nicht.
Noch nicht.

Denn später,
in der Pause,
wird Nina schon neugierig.
„Soll ich dir mal
ein Geheimnis erzählen?“,
fragt Pia da nämlich.
Klar, soll sie das!

„Alles, was ich mir wünsche,
geht in Erfüllung“,
flüstert Pia in Ninas Ohr.
Nina überlegt.
„Das musst du beweisen!“,
fordert sie.
Pia ist einverstanden.

Sie schließt die Augen
und drückt fest die Daumen.
Eine Minute lang.
„Und?“,
fragt Nina atemlos.
„Was hast du dir gewünscht?“
„Das darf man nicht verraten.
Sonst gehen Wünsche
doch nicht in Erfüllung!“,
erklärt Pia sofort.

„Das ist nur eine Ausrede“,
schnaubt Nina verächtlich.
„Gut, ich schreib’s dir auf“,
sagt Pia.

„Lesen darfst du es aber erst,
wenn der Wunsch
in Erfüllung gegangen ist.“
Den Zettel klebt sie
mit Kaugummi unter den Tisch.

Es ist noch keine Woche rum,
als Nina
den Zettel lesen darf.
Gespannt faltet sie
ihn auseinander.

„Stimmt!“,
staunt Nina.
„Dein Wunsch ist wirklich
in Erfüllung gegangen.
Ein toller Wunsch übrigens“,
lacht sie
und legt ihren Arm um Pia.

Julia Boehme wurde 1966 in Bremen geboren. Sie studierte Literatur- und Musikwissenschaft und arbeitete danach als Redakteurin beim Kinderfernsehen. Eines Tages fiel ihr ein, dass sie als Kind unbedingt Schriftstellerin werden wollte. Wie konnte sie das bloß vergessen? Auf der Stelle beschloss sie, jetzt nur noch zu schreiben. Seitdem denkt sie sich Kinderbücher und Geschichten fürs Fernsehen aus.

Julia Ginsbach wurde 1967 in Darmstadt geboren. Nach ihrer Schulzeit studierte sie in Heidelberg und Frankfurt Musik, Kunst und Germanistik. Heute lebt sie mit ihrer Familie, jeder Menge Tiere, Pinseln, Farben, Papier und ihrer Geige in einem alten Haus in Norddeutschland und arbeitet als freie Illustratorin.

D1925561

Mama Mia

Tina
Spiegler

Mama Mia

Mit Illustrationen von
Daniela Kulot-Frisch

Thienemann

Für Mama mia.

Das rote Telefon

Etwas Schöneres gibt es nicht, findet Laura. Etwas, das sich vergleichen ließe mit dem ersten Sommer-Sonnen-Ferientag. Mit diesem kribbelnden Gefühl, das ihr schon beim Aufwachen ein Lächeln ins Gesicht kitzelt. Die Zehen jucken und die Beine zucken lässt. Sie kichernd aus den Federn jagt und durch den frühen Morgen treibt. Den Flur entlang. Die Treppe hinab. Dorthin, wo Kaffee dampft und Brötchen duften. Wo Mama summt. Und Papa kaut.

Etwas Schöneres gibt es nicht, findet Laura. Nichts geht über diesen ersten Morgen, der nach Freiheit schmeckt und Appetit macht. Appetit auf mehr. Auf scheinbar endlos lange Wochen herrlichen Faulseins. Auf blauen Glitzerhimmel und heiße Sommer-Sonnen-Ferien-Luft.

Etwas Schöneres gibt es nicht als diesen ersten Ferientag. Ihren Tag. Lauras Tag.

Auch Lauras Eltern schienen es sonst immer

gewusst zu haben: dass dieser Tag ein ganz besonderer ist. An dem man still zu sein hat und friedlich. Ausnahmsweise. Den man nicht stören darf. Den man behutsam behandeln und beschützen muss. Wie einen kostbaren Schatz.

Auch Lauras Eltern schienen es sonst immer gespürt zu haben: dieses Gefühl, das Laura lächeln und Herrn Sommer schmunzeln ließ. Dieses Ferien-Freude-Froh-Gefühl. Das stärker war. Stärker als Ärger und Wut. Sie niederlachte. Fortpustete. Weggrinste.

Vielleicht dachten Mama und Papa sonst immer an früher. An ihre eigenen ersten Ferientage. Vielleicht dachten sie zurück und sich hinein in Lauras Glück. Vielleicht schlossen sie die Augen und träumten. Von einst. Von jener Zeit, als auch sie noch Kinder und ferienselig waren. Voller Neugier und Tatendrang. Den Sommer liebten. Grenzenlos.

Es gibt nichts Schöneres, findet Laura, als am ersten Ferienmorgen den ersten Schluck Kakao zu nehmen, die dickbauchige Tasse zu streicheln und mit Papa zu plaudern.

Doch diesmal ist alles anders.

Vielleicht haben sie es diesmal vergessen, an früher zu denken. Vielleicht haben sie darauf verzichtet, die Augen zu schließen und zu träumen. Vielleicht hat keiner sie daran erinnert. Und der Kalender hat den Tag verschlafen.

Frau Sommer summt nicht. Und Herr Sommer denkt nicht daran zu plaudern. Frau Sommer wischt Staub. Frau Sommer wischt mit Vorliebe Staub. Immer dann, wenn sie wütend ist.

Frau Sommer knurrt, lässt ihr Tuch gefährlich dicht an Herrn Sommers Tasse vorüberzischen und dicke Flusen auf die Semmeln regnen. Grimm-Groll-Grummelflusen, die sich flockig in warme Ritzen schmiegen. Herr Sommer runzelt die Stirn. Herrn Sommers Stirnrunzeln verwandelt sein Gesicht in eine Berg-und-Tal-Bahn. Gräbt Furchen. Reißt Schluchten. Und macht aus einer lachend-lauten Laura eine leise. Eine, die sich duckt. Die die Augen schließt. Und wartet.

Laura weiß nicht, warum Frau Sommer knurrt und wischt. Weiß nicht, wie die Wut in Mamas Bauch und der Zorn in Papas Augen gekommen sind.

Laura weiß nur, dass Frau Sommer eine empfindliche Frau ist, die ein Stirnrunzeln sehr persönlich nimmt. Besonders, wenn es sich um das von Herrn Sommer handelt. Frau Sommer mag nicht angerunzelt werden. Eine angerunzelte Frau Sommer brüllt. Immer und überall.

Also wartet Laura. An ihrem ersten Sommer-Sonnen-Ferientag. Wartet auf Frau Sommers Schrei. Doch sie schreit nicht.

Stattdessen klingelt es. Schrill und heftig. Das neue Telefon von Familie Sommer. Das rote. Klingelt laut und fordernd, wie es rote Telefone nun einmal so an sich haben.

Laura hat gewusst, dass es Ärger machen würde. Über kurz oder lang. Sicher war sie sich gewesen. Hundertprozentig. Denn schließlich ist Laura neun Jahre alt. Und neunjährige Kinder sind Fachleute. Spezialisten. Zumindest, was Telefone betrifft. Rote Telefone.

Gewarnt hatte Laura ihre Mutter. Mehr als einmal. Aber Lauras Mutter ist keine, die sich gerne von anderen warnen lässt. Nicht in aller Öffentlichkeit. Nicht beim Kauf eines neuen Telefons. Und schon gar nicht von kleinen Mädchen. Mädchen wie Laura. Kleine Mädchen sollen den Mund halten. Meint Frau Sommer. Und nicht den Versuch wagen ihre Mütter belehren zu wollen. Mütter sind dazu da, das Richtige zu tun. Was

ihnen nicht schwer fällt. Sagt Frau Sommer. Denn Mütter sind erwachsene Menschen und daran gewöhnt, stets richtig zu handeln.

Laura ist anderer Meinung. Manchmal glaubt Laura, dass die Jahre einen Menschen und insbesondere Mütter nicht klüger, sondern eher unvernünftiger werden lassen.

Laura ist sehr oft anderer Meinung. Aber da Laura es für unklug hält, dies ihrer Mutter auf die Nase zu binden, schweigt Laura.

Was das Telefon betrifft, hatte Laura ihre Mutter allerdings gewarnt. Mehr als einmal. Laut. Deutlich. Aber ohne Erfolg. Frau Sommer hatte keine Augen gehabt für Laura. Und keine Ohren. Frau Sommer hatte an der Seite eines zuckersüß lächelnden Verkäufers gestanden und auf das rote Ungetüm gedeutet. Mit glühenden Wangen. Frau Sommers Wangen glühen immer, wenn sie im Begriff ist etwas zu kaufen. Egal, was. Ob es sich nun um Wurst oder Käse, einen Packen dreilagiges Toilettenpapier oder aber rote Telefone handelt. Es gefällt Laura gut, wenn die Wangen von Mama glühen. Gegen glühende Wangen ist aus Lauras Sicht nichts einzuwenden. Gegen rote Telefone schon.

Rote Telefone sind Nervbolzen. Das weiß jeder. Außer Frau Sommer. Rote Telefone klingeln immer dann, wenn keiner gestört werden will. Rote Telefone sind eigensinnig und rücksichtslos. Aufdringlich und ungezogen.

Laura hatte ihre Mutter gewarnt. Mehr als einmal. Hatte sie am Kleid gezupft und in die Seite geknufft. Hatte gehüstelt und sich mit schnalzenden Fingern zu Wort gemeldet. Hatte geflüstert und gezischt wie ein schadhafter Dampfkochtopf. Und auf die Frage des Telefonverkäufers, ob dieses Modell nun das richtige sei für ihre Mutter, hatte Laura mit einem blitzschnellen »Nein!« und aufgeregtem Handgewedel geantwortet. Obgleich nicht sie gefragt worden war. Bezeichnenderweise. Erwachsene kommen ja fast nie auf die Idee Kinder um ihre Meinung zu bitten. In diesen Dingen hat Laura Erfahrung. Aber die Entscheidungen der Eltern ausbaden – das müssen Kinder. Auch, wenn sie ihre Mütter gewarnt haben – so wie Laura.

Frau Sommer hat das rote Telefon gekauft. Frau Sommer kauft alles, was ihr gefällt. Ob es nun Telefone sind, extravagant geschnittene Abendkleider oder funkelnde Suppenlöffel.

Frau Sommer ist kaufsüchtig. Sagt Herr Sommer oft genug und lässt seine Faust donnernd auf die Tischplatte fallen. Dann hüpfen Teller und Tassen auf die Fliesen und Frau Sommer freut sich. Teller und Tassen kauft Frau Sommer nämlich am liebsten. Lieber noch als rote Telefone.

Sie hat es gekauft und stolz nach Hause getragen. Ohne sich um Lauras Leidensmiene zu kümmern. Oder aber um das missbilligende Kopfschütteln von Herrn Sommer. Sie hat dem roten Ding einen Ehrenplatz freigeräumt. Zwischen Kaktus und Rosenstrauch. An dem es sich wohl und heimisch fühlen sollte.

Eine Zeit lang verhielt es sich unauffällig. Schwieg beharrlich. Ließ Laura hoffen und an Wunder glauben. Eine Zeit lang hätte man es glatt für blau und sanft halten können. Für einsichtig und still.

Bis heute. Bis zu Lauras erstem Ferientag. An dem es viermal hintereinander schrill und heftig klingelt. Zur Höchstform aufläuft. Und seiner Farbe alle Ehre macht.

Der Erste, der sich unverschämt in Lauras Tag und Mamas Wut drängt, Papa beben und Mama toben lässt, ist der Kaminfeger. Er hat nichts Besseres zu tun, als in barschem Ton seinen Besuch für die späten Vormittagsstunden anzukündigen.

Auf den Kaminfeger ist Frau Sommer nicht gut zu sprechen. Er hat ihr bislang nie Glück gebracht. Frau Sommer empfindet diese Tatsache als persönliche Beleidigung. Schließlich weiß jedes Kind, dass es zu den Hauptaufgaben eines Kaminfegers gehört Menschen Glück zu bringen. Offenbar scheint er sie nicht zu mögen. Und mit einem, der sie nicht mag, wechselt Frau Sommer keine fünf Worte.

Frau Sommer fühlt sich durch die Voranmeldung des Kaminfegers belästigt und knallt den Hörer auf die Gabel.

Dass sie damit einen schwerwiegenden Fehler begeht, ist Frau Sommer nicht bewusst. Rote Telefone sind zart besaitete Wesen. Mindestens ebenso zart besaitet wie Mütter. Staubwischende Mütter mit Groll im Herzen und Wut im Bauch.

Das Telefon klingelt abermals. Noch eine Spur schriller, noch einen Hauch heftiger als zuvor.

Herr Sommer beginnt zu schrumpfen. Alles Schrille, alles Heftige ist ihm zuwider. Alles Laute, alles Fordernde treibt ihn dazu, sich klein zu machen. Zwergen-spinne-fliegenklein.

Diesmal ist es Claudia, Lauras Freundin. Deren Mutter sanft ist wie ein Lamm. Und friedlich. Die rehbraun-scheue Augen hat. Und ein kuschelweiches Schmuselächeln, um das Laura ihre Freundin beneidet. Doch das verrät sie ihr nicht. Das würde sie nie verraten. Niemandem.

Mit Claudia macht Frau Sommer kurzen Prozess. »Wir frühstücken!«, bellt sie erzürnt und legt auf. Ohne zu erwähnen, dass sie beim Staubwischen nicht zu frühstücken pflegt und ihrer Tochter Laura der Appetit längst vergangen ist.

Laura zieht den Kopf zwischen die Schultern. Nicht mehr lange und sie würden allesamt kochen vor Wut. Laura, weil nichts ist, wie es hätte sein sollen an einem ersten Ferientag. Herr Sommer, weil staubige Semmeln am Gaumen kleben und ihn Frau Sommers Wut stets zum Kochen bringt – auch wenn er anders kocht als sie. Still und heimlich. Dort, wo keiner ihn sieht. Dort, wo niemand ihn hört.

Das Telefon würde kochen, weil es von Frau Sommer nicht nur misshandelt, sondern zu allem Überfluss auch noch blank poliert wird. Laura ist sich jedoch nicht sicher, ob Telefone tatsächlich in der Lage sind vor Wut zu kochen.

Und Frau Sommer? Nun ja, Frau Sommer ist bereits eifrig dabei zu spritzen und zu sprudeln.

Der nächste Anrufer hat sich verwählt.

»Sie wollen … was?« Frau Sommers Stimme kippt und purzelt zu Boden. »Nein … verdammt noch mal … wir verkaufen keine Kaminöfen. Aber wenn Sie wollen … Feuer unter dem Hintern kann ich Ihnen gerne machen!«

Frau Sommer hasst es, wenn Laura flucht. Man flucht nicht, meint Frau Sommer. Aus unerfindlichen Gründen scheint diese Regel für Mütter nicht zu gelten.

Herr Sommer steht auf und schickt sich an, die Küche zu verlassen. Ohne Tasse und Teller, Messer und Löffel, Marmelade und Butter wegzuräumen.

»Typisch!«, keift Frau Sommer und beginnt, mit dem Staubtuch auf das Telefontischchen einzuschlagen. »Typisch Mann!«, keift sie. »Die Arbeit können wir Frauen machen. Während der Herr schlingt, genießt und geht!«

Laura überlegt, ob ein zu Unrecht geschlagenes Telefontischchen ein Recht auf Rache hat. Laura überlegt, wie ein zu Unrecht geschlagenes Telefontischchen sich zur Wehr setzen würde. Wenn es könnte. Und dürfte. In Situationen wie dieser, die unangenehm und beängstigend ist, tut Laura nichts lieber, als versponnenen Gedanken nachzuhängen. Sie grübelt über ein Telefon, das langsam feuerrot zu werden scheint, wackelt, bebt und klappert. Laura grübelt und denkt, während Frau Sommer staubtuchknetend mit den Füßen scharrt.

Laura hatte ihre Mutter gewarnt. Mehr als einmal. Laut. Deutlich. Aber ohne Erfolg. Doch Mütter sind Menschen, die nicht hören wollen. Schon gar nicht auf warnende Kinder. Nicht auf kluge Ratschläge. Und weise Vorhersagen. Vielleicht sind Mütter Menschen, die man zwingen muss zuzuhören. Vielleicht sind rote Telefone klüger als warnende Kinder. Vielleicht wissen sie, wie man taube Mütter zu nehmen hat. Vielleicht klingeln sie deshalb. Besonders laut. Besonders heftig.

Frau Sommers Telefon gibt nicht auf. In Lauras Gedankenschlangen hinein klingelt es. Ein viertes, ein letztes Mal an diesem Morgen, an Lauras erstem Ferientag, der so ganz anders ist als sonst.

Opa spinnt

»Du?«, quietscht Frau Sommer. So oder ähnlich müssen wohl Schweine quietschen, die man zur Schlachtbank führt. »Was ist passiert?«

Laura horcht auf. Da ist etwas in Mamas Stimme. Ein sanftes Zittern, das nicht recht passen will zu ihrer Wut. Ein heller Klang. Ein fremder Ton. Als wäre Frau Sommer nicht groß und stark und laut, sondern ängstlich und klein. Tief innen drin.

Frau Sommer kiekst: »Bitte … WAS?« Wird bleich. Mit roten Flecken auf Wangen und Hals. Ihre Lider flattern. Die Augenbrauen wandern. Auf und nieder. Wölben sich staunend und fassungslos.

»Mama?«, meldet sich Laura zaghaft zu Wort. Ihr ist unheimlich zumute. Flau im Magen. Schwach auf der Brust.

Frau Sommer scheint verstört. Schüttelt sich unwillig. Hält den Hörer mit spitzen Fingern in sicherer Entfernung von ihrem Ohr und betrachtet ihn misstrauisch.

»Es ist Opa.« Ihre Stimme klingt flach und kalt.

»Ja?« Laura wickelt sich ihr Haar in dünnen Strähnen um den Finger. »Und?«

»Er spinnt.« Frau Sommer schluckt. »Opa spinnt.«

Lauras Mutter kann grausam sein. Sagt Sätze wie diesen, ohne sich zu schämen dafür. Schaut vor sich hin und seufzt.

Da beschließt Laura ein- und zuzugreifen. Aufzustehen und hinzulaufen. Zu ihrer Mutter, deren Arm kraftlos niedersinkt. Sie reißt den Hörer an sich.

»Opa? Opa!«

Opa ist außer sich. Das spürt Laura, noch ehe er antworten, noch ehe er reagieren kann. Er schnaubt, wie Opas normalerweise niemals schnauben. Es klingt fast wie ein Schluchzen.

»Opa! Was ist geschehen?«

»Mia ...«, keucht Opa.

»Ja?« Mia ist Lauras Mama. Mia *war* Lauras Mama. Heute nennt sie keiner mehr Mia. Nicht einmal Opa. Aus Mia ist Maria geworden. Maria Sommer. Frau Sommer.

»Was ist mit ihr?«

Opas Stimme wird hohl. »Die kleine Mia aus meinem Traum … Sie ist fort … Ist einfach aufgestanden und davongelaufen … Ohne zu sagen, wohin … Meine Mia … ist … weg.«

Laura liebt Opa. Obwohl sie ihn nie sieht. Fast nie.

Opa lebt in einer anderen Stadt. Fünf Jahre schon. Lange Jahre. Opalose Jahre. Er lebt irgendwo im Norden des Landes, wo die Menschen gelbe Mäntel und Schlapphüte tragen, den ganzen Tag Tee trinken und schweigen. Sagt Oma.

Der Sturmwind reißt ihnen die Worte von den Lippen und trägt sie hinaus aufs Meer. Dort tanzen sie kreischend im Wellengebirge, lassen sich die Gischt ins Gesicht spritzen und tauchen nach versunkenen Schätzen. Sagt Oma.

Auch Oma sieht Opa nie. Fast nie. Obwohl sie ihn liebt. Immer noch. Sagt Oma.

Oma hat Opa fortgeschickt. Aus ihrem Leben. Ihrem Haus. Ihrer Stadt. In der die beiden sich vor vielen, vielen Jahren getroffen, in der sie vor vielen, vielen Jahren geheiratet und eine Familie gegründet hatten. Eine Oma-Opa-Mia-Familie.

Oma meint, sie habe sich von Opa trennen *müs-*

sen. Um ihn weiterlieben zu können. Nun wohnt sie allein in ihrem kleinen Häuschen am anderen Ende der Stadt.

Manchmal wundert sich Laura. Über eine Oma, die mutterseelenallein in einem kleinen Häuschen am anderen Ende der Stadt wohnt, und einen Opa, dem irgendwo im Norden des Landes die Wolken auf den Kopf und die Worte ins Meer fallen. Manchmal wundert sich Laura über zwei erwachsene Menschen, die sich lieben und doch jahrein, jahraus damit beschäftigt sind, einander aus dem Weg zu gehen.

Manchmal wundert sich Laura. Nein. Eigentlich wundert Laura sich immer. Über Opa und Oma. Mama und Papa. Deren Leben so kompliziert und deren Liebe verrückt und eigenartig ist. Eine Brüll-Schrei- und Fass-mich-nicht-an-Liebe. Eine, die wegläuft, so schnell sie kann. Und keiner weiß recht, warum.

Wenn Oma von Opa spricht, beginnen ihre Augen zu schwimmen. Oma behauptet, das käme vom Meer. Wäre Opa nicht ans Meer, sondern in die Wüste gezogen, würden ihre Augen nicht nass, sondern trocken und rot werden. Sagt Oma.

Laura glaubt Oma kein Wort.

Hin und wieder schreibt Opa Briefe. Das geschieht selten, denn Opa ist ein verstockter Mensch. Sagt Oma. Der mit Worten geizt. Und mit Gefühlen. Die Stellen, an denen Opa von Oma schreibt, sind immer feucht. Die Schrift verwaschen. Das Papier weich und schwammig. Das kommt vom Meer. Sagt Oma. Das Meer kämpft um alles. Auch um Worte, die man ihm wieder entrissen hat.

Laura würde es gerne einmal kennen lernen, das Meer.

Aber Frau Sommer will nicht. Will dort weder einen Familienurlaub verbringen noch Opa besuchen. Obwohl auch sie ihn liebt. Irgendwie. Und immer noch. Schließlich ist er ihr Vater. Sagt Frau Sommer. Und Väter liebt man. Selbst Väter wie Opa.

Wenn Laura wissen möchte, was Opa falsch gemacht hat, zuckt Frau Sommer die Achseln. Nichts, meint Frau Sommer. Vielleicht sei dies Opas Fehler gewesen: dass er nichts gemacht habe, auch nichts falsch.

Das ist selbst für Laura zu hoch.

Wenn Laura wissen möchte, was Opa falsch gemacht hat, senkt Oma traurig den Kopf. Er war nie da. Sagt Oma. Obgleich er immer zu Hause gewesen ist. Habe sich stets auf seine Gedanken geschwungen und sei davongeritten. Ohne Oma. Und ohne Mia, seine Tochter.

Er hat nie zugehört. Sagt Oma. Ihre Worte seien durch ihn hindurchgeflossen wie Wasser. Sprudelnd und schnell. Nichts sei haften geblieben von dem, was sie erzählt habe. Nichts übrig …

Er hat nie erzählt. Sagt Oma. Von sich und seinen Gefühlen. Hat nie geweint. Getobt. Geschrien. Hat nicht gelebt. Nicht wirklich. Nicht mit ihr. Und Mia, seiner Tochter. Er hat nichts gesehen. Sagt Oma. Trotz seiner wunderschönen Augen. Die braun sind. Und groß. War blind für das, was wichtig gewesen wäre. Für ihn. Und sie. Und Mia, seine Tochter.

Sie habe gebrüllt. Sagt Oma. Viel und oft. Laut und fordernd. Habe gehofft ihn ändern zu können. Irgendwann. Mit einem Schrei.

Nun sei sie alt. Sagt Oma. Und klug. Vielleicht auch müde. Ein wenig nur. Und heiser. Vom Gebrüll ohne Sinn.

Du kannst ihn nicht ändern. Niemanden kannst du ändern. Sagt Oma. Zumindest nicht brüllenderweise.

Die Lust habe sie verloren. Sagt Oma. Und die Kraft zu kämpfen. Vielleicht sei es ein Fehler gewesen kämpfen zu wollen. Vielleicht hätte sie sich mit Opas Schweigen begnügen sollen. Und damit, ihn zu lieben. So wie er ist.

Laura liebt Opa. Obwohl sie ihn nie sieht. Fast nie. Hinten im Schrank, unter ihren Winterpullovern, hat Laura ein Bild von Opa versteckt.

Frau Sommer weiß nichts von diesem Bild, auf dem Opa freundlich lacht und beide Arme ausbreitet.

Manchmal sitzt Laura in ihrem Zimmer und redet mit ihm. Dem lachenden Opa. Dessen Arme stark sind. Und kräftig. Manchmal drückt Laura ihn an sich. Ihn und das Bild. Dann wird Opa nass. Schuld daran sind die Tränen, die dick und rund aus Lauras Augen in Opas Arme tropfen. Das weiß Laura. Und doch hört sie jedes Mal ein Rauschen, das Schreien der Möwen und das Brausen des Windes.

Was Opa ihr an diesem Montagmorgen am Telefon erzählt, klingt abenteuerlich. Spannend und verrückt. Oma würde sagen, Opa spinne Seemannsgarn. Falls sie überhaupt etwas sagen würde. Oma würde staunen über einen Opa mit

Phantasie. Denn Oma meint, dass Opa weder reden noch träumen kann. Oma würde sich wundern. Denn Opa kann! Zumindest träumen.

Eine Woche lang träumt Opa nun schon jede Nacht denselben Traum. Sagt Opa. Typisch, würde Oma sagen. Zu mehr Träumen ist er nicht in der Lage.

Es ist ein Traum von früher. Sagt Opa. Von damals, als die Welt zwar nicht in Ordnung, aber Oma wenigstens noch bei ihm und friedlich gewesen ist. So friedlich, wie Lauras Oma eben sein kann.

In Opas Traum sitzen sie bei Tisch. Opa, Oma und Mia, Lauras Mutter, Frau Sommer, die kleine Frau Sommer. In Opas Traum ist Frau Sommer so jung wie Laura. In Opas Traum ist Mia neun.

Laura schließt die Augen und versucht, sich eine kleine Mama vorzustellen. Eine Mama mit langen Zöpfen und Löchern in den Strümpfen. Es will ihr nicht gelingen. Obwohl sich Laura redlich Mühe gibt und ihr vor lauter Anstrengung die Haare zu Berge stehen.

In Opas Traum wird geschrien. In Opas Traum schreit Oma. Mit der Vorstellung einer schreienden Oma hat Laura keine Probleme. Schreiende

Omas und schreiende Mamas gehören zu Lauras Alltag.

Als Opa erzählt, dass Lauras Mutter früher Angst hatte vor einer brüllenden Oma und einem knurrenden Opa, stutzt Laura und blinzelt.

Frau Sommer hat nie Angst. Zumindest nicht vor lauten Zänkereien. Frau Sommer brüllt selbst, was das Zeug hält. Nur Laura, Laura hat Angst. Oft. Sehr oft sogar. Vor Mamas Wut. Und Papas Schweigen. Vor Stimmen, die überkippen, keifen und verletzen. Und vor der Stille, die dem Brüllen folgt.

Am meisten Angst hat Laura davor, dass Herr und Frau Sommer dort enden, wo Opa und Oma bereits angekommen sind. In getrennten Wohnungen – am Meer und in den Bergen.

Während Opa von seinen Träumen erzählt, beobachtet Laura ihre Mutter. Eine noch immer staubwischende Mutter, die ab und an stehen bleibt, um den Kopf zu schütteln. Wenn Frau Sommer den Kopf schüttelt, fliegen keine Zöpfe mehr. Frau Sommers Zöpfe liegen lange zurück. Heute hat Lauras Mutter kurze Haare. Und Locken. Keine echten, aber solche, die sie sich oft und mit Hingabe rauft.

Opa sagt, Mia habe früher jedes Mal geweint. Nach jeder Auseinandersetzung, jedem Streit. Habe sich in ihr Zimmer im ersten Stock verzogen und geschmollt.

Auch in seinem Traum, den er seit einer Woche träumt, ist Mia geflüchtet. Jede Nacht. Hals über Kopf. Mit wehenden Zöpfen. Ist nach oben gezischt, um sich ein-, um sich wegzuschließen. Um sich aus-, um sich leer zu weinen. Und müde. Jede Nacht. Bis zur siebten. Zur letzten. Bis zu dieser, zur vergangenen Nacht.

Opa ist verzweifelt. Laura möchte ihn beruhigen. »Träume sind Schäume«, flüstert sie sanft.

Opa kann mit solchen Sprüchen nichts anfangen. Der Traum sitzt ihm noch immer in den Knochen. Und Mias Schrei. Ja, beim siebten Mal hat Mia geschrien. Ist nicht wortlos verschwunden, um die Traurigkeit aus sich herauszuspülen. Hat mit der Faust auf den Tisch geschlagen und wie ein Tiger gebrüllt: »Ich habe die Schnauze voll! Ich gehe!« Mehr sagte sie nicht in Opas Traum, drehte sich um und ging. Aus dem Haus, über den Kiesweg, die Straße hinunter … Opas Stimme zittert. Opa weint.

»Ich bin hinter ihr hergerannt, Laura. Durch

meinen Traum. ›Wo willst du denn hin?‹, habe ich gerufen. ›Du hast doch niemanden außer uns!‹ Da hat sie sich umgedreht, hat die Hände in die Hüften gestemmt und mit den Füßen gestampft. ›Fort will ich … nichts weiter … nur fort von hier‹, hat sie gekrächzt. ›Irgendwo auf dieser Welt muss es doch jemanden geben, der … der – verflucht noch mal – DER NICHT SCHREIT!‹«

Opa schluchzt.

Frau Sommer wischt Staub.

Und Laura? Laura wickelt die Telefonschnur um ihren Finger. Der schon ganz blau ist. Blau und dick. Laura spürt nichts. Starrt auf ihren Finger und schweigt.

»Ach, Laura, vielleicht ist es kindisch, sich Träume derart zu Herzen zu nehmen, aber …« Opa schneuzt sich. Es klingt, als wolle ein grippekranker Elefant Alarm schlagen. »Ich musste an dich denken, Laura. An dich und deine Eltern. Daran, dass sie genauso streiten wie ich mit Oma … damals … Dass es dir mit ihnen geht, wie es Mia mit uns ergangen ist. Dass du – wenn du sie siehst, Laura … in deinen Träumen … wenn sie dir begegnet … irgendwo … dann … dann sag

ihr, dass sie zurückkommen soll … zurück zu uns. Zurück in meinen Traum. Dass ich sie liebe. Auch wenn ich zu ungeschickt war, es ihr zu zeigen.«

Laura friert. Und eigentlich, eigentlich würde auch sie gerne weinen.

»Was denkst du nun von mir, Laura?«, fragt Opa. »Dass ich spinne? Allein in meiner Wohnung vollkommen den Verstand verloren habe? Nein, weißt du, ich habe Zeit nachzudenken. Alle Zeit der Welt. Und ich habe Sehnsucht … Nach dir. Nach deiner Mutter. Und nach Oma …«

Frau Sommer hat damit begonnen, Türklinken mit Essigwasser abzureiben.

Laura schnappt nach Luft. »Ich …«

»Schon gut …« Mit einem Mal hat es Opa eilig. »Du vergisst es nicht?«

»Nein!« Laura schüttelt sich. Nie würde sie vergessen, was Opa ihr heute anvertraut hat. Niemals.

»Und du versprichst es mir?« Opa räuspert sich.

»Was?«

»Es ihr zu sagen … alles … alles Ungesagte. Sie zurückzuschicken. Zurück … zu mir …« Opa hustet verlegen.

Laura nickt und sagt: »Ja. Ich verspreche es dir. Wenn ich sie sehe … Mia … deine Mia …«

Als Laura den Hörer auflegt, ist Frau Sommer den Tränen nahe. Laura weiß nicht, warum. Laura weiß selten, was ihre Mutter dazu bringt, gewisse Dinge zu tun. Noch seltener weiß Laura, warum Frau Sommer weint. Doch irgendwann hat Laura gelernt sich mit den Tränen von Frau Sommer abzufinden. Ohne darüber nachzudenken. Ohne darüber ins Grübeln zu verfallen.

Sie legt die Arme um Frau Sommer und tätschelt beruhigend ihren Rücken. Als wäre sie ein Kind, das seine Lieblingspuppe verloren, sich in den Finger geschnitten oder aber auf die Zunge gebissen hat. Frau Sommer schnurrt behaglich. Drückt Laura an sich, streicht ihr liebevoll über den Kopf und vergisst zu weinen. Sie sind sich nah, ganz nah, die beiden. Frau Sommer seufzt und Laura hört das Glück in diesem Seufzen. Sie fühlt, wie ihre Mutter kleiner wird in ihrem Arm. Und jung. Sie spürt, wie etwas in Frau Sommer wächst. Es ist ihr Herz, das warm und pumpernd an die Rippen drückt. Ihr Herz, das sich an das von Laura drängt. Und schlägt. Ruhig und froh.

Laura erstarrt. Schuld daran hat nicht Frau Sommers Zärtlichkeit. Auch nicht Opas Telefonschluchzer. Schuld daran hat einzig und allein das kleine Mädchen, das da in der Tür steht. Mit roten Zöpfen, an denen es verlegen zupft. Mit einem Lächeln. Und funkelnden Augen, die Laura kennt. Von alten Bildern, die Mama gut versteckt. Und die sie manchmal betrachtet, manchmal, wenn sie traurig ist. Heimlich, damit Mama nichts merkt. Denn Mama will nicht, dass jemand diese Bilder sieht.

Schuld an Lauras Erstarrung hat Mia. Die kleine Mia. Die Mia aus Opas Traum.

Oder spinnt Laura?

Tja. Und nun?

Sag selbst! Was würdest du tun in einer Situation wie dieser? Stell dir vor, du stehst am ersten Sommer-Sonnen-Ferientag mit deiner Mutter schmusenderweise in der Küche.

Stell dir vor, ihr haltet euch in den Armen und etwas Neues, Wunderbares geschieht. Mit euch. Zwischen euch. Ihr atmet im selben Rhythmus. Und eure Haut ist warm und weich.

Stell dir die Zärtlichkeit vor, mit der ihr euch streichelt und drückt. Brummend. Wie zwei verliebte Bären.

Du weißt nicht, wie sich das Brummen verliebter Bären anhört? Nun ... Ehrlich gesagt, ich weiß es auch nicht. Aber das Bild, das Bild gefällt mir ...

Ich sehe sie förmlich vor mir, die beiden, wie sie sich auf einer Waldlichtung aneinander reiben. Die Sonne scheint ihnen auf den dichten Pelz und sie brummen, wie eben nur verliebte Bären brummen können.

So weit, so gut. Da stehst du nun, in der Küche, am Spülstein. Mit warmer Haut. Und brummender Kehle. Mit Opas Worten im Ohr. Und Mamas Sehnsucht im Arm. Denn du weißt, dass sie sich sehnt. Nicht wahr? Es ist nicht schwer zu erraten. Sie will, was im Grunde doch alle wollen. Lieb gehabt werden. Gestreichelt. Gedrückt. Geknuddelt. Schmusen will sie. Ohne Ende. Sich satt schmusen. Bis sie voll ist. Voll Glück. Und sonnenrund.

Da steht ihr nun, in der Küche, am Spülstein … Und wenn du die Augen schließen würdest, könntest du für wenige Minuten vergessen, dass ihr *zwei* seid: Mutter und Kind. Dann könntest du glauben, ihr wäret *eins*.

Doch du schließt nicht die Augen. Nein. Du schaust zur Tür. Wo jemand lehnt. Klein wie du. Jung wie du. Jemand, den du kennst. Von alten und gut versteckten Bildern. Die du manchmal heimlich betrachtest. Wenn du traurig bist. Wenn keiner mit dir redet. Wenn keiner dich versteht. Wenn das Gebrüll der Mutter deine Ohren brennen und den Kopf dröhnen lässt. Und du dich

fragst, warum sie schreit. Und wer sie war. Als Mädchen. Und als Kind. Die Frau, die brüllt.

Sag selbst: Was würdest du tun in einer Situation wie dieser? Die Mutter im Arm – und in der Tür. Die Mutter groß – und klein. Hier – und dort.

Schreien?

Natürlich denkt auch Laura daran zu schreien. Zumal in ihrer Familie jeder schreit, bei allen möglichen und unmöglichen Gelegenheiten.

Aber: Wem wäre geholfen, wenn Laura jetzt schreien würde? Ihrer Mutter mit Sicherheit nicht. Sie würde sich Lauras Umarmung sofort entziehen. Wäre gekränkt und verletzt. Denn schließlich ist es nicht üblich, dass jemand schreit, dem man liebevoll über den Kopf streicht.

Laura will Mama nicht kränken. Und nicht verletzen. Laura will nicht zerstören, was da geschieht. Zwischen Mama und ihr. Will keinen vertreiben. Auch Mia nicht, die in der Tür steht, verlegen an ihren Zöpfen zupft, lächelt und schaut.

Also beschließt Laura stillzuhalten. Auszuharren. Abzuwarten. Ob Mia bleibt. Oder verblasst. Verschwindet. Platzt wie eine Seifenblase. Oder geht. Ganz einfach geht. Zum Haus hinaus. Den Kiesweg hinunter. Wie in Opas Traum.

Mia platzt nicht. Mia geht nicht. Mia bleibt. Und Laura, Laura denkt an Opa. Und ihr Versprechen.

Laura muss mit Mia reden. Unter allen Umständen. Auf alle Fälle. Über Opa. Und seinen Traum. Seinen Kummer. Und seine Sehnsucht.

Laura muss ihr sagen, dass Opa sie liebt. Laura muss sie bitten zurückzukehren. Zurück zu Opa. Zurück in seinen Traum. Muss Mia bitten ihn wieder glücklich zu machen. Und froh. Laura muss sie dazu bringen … Laura muss … sie muss … muss …

Als Erstes muss Laura niesen.

Frau Sommer begreift Lauras Niesen als Aufforderung. Ihre Hände streichen ein letztes Mal behutsam über Lauras Kopf, streifen ihre Wangen und ihren Hals. Zärtlich, sanft und voller Dankbarkeit. Dann löst sie sich zögernd und lächelt. »Wenn ich dich nicht hätte!«

Laura erfährt an diesem Montagmorgen nicht, was wäre, wenn Frau Sommer ohne ihre Tochter auskommen müsste. Den Rest des Satzes nämlich schluckt Frau Sommer. Wie so oft. Im Verschlucken von Liebeserklärungen ist Frau Sommer einsame Spitze. Leider. Denn Liebeserklärungen sind mitunter sehr hilfreich. Und äußerst wohltuend, findet Laura.

Zum Glück dreht sich Frau Sommer nicht um. Was wäre wohl geschehen, wenn Frau Sommer sich umgedreht hätte? Nicht auszudenken! Vielleicht wäre sie vor Schreck in Ohnmacht gefallen, wortlos aus den Pantoffeln gekippt. Auf den Küchenboden. Oder in Lauras Arme. Vielleicht wäre sie auch davongelaufen. Vor sich. Flink wie ein Wiesel. Schnell wie ein Blitz. Aus Angst. Und Entsetzen.

Frau Sommer nimmt den essigwassergetränkten Lappen und wirft ihn in den Mülleimer.

Herr Sommer wäre wieder einmal entsetzt. Essigwassergetränkte Lappen gehören nicht in den Abfalleimer. Essigwassergetränkte Lappen stinken. Und das nicht zu knapp. Wie oft schon hat Herr Sommer seine Frau darüber belehrt! Aber Frau Sommer ist unbelehrbar – und allergisch gegen Herrn Sommers Erziehungsmaßnahmen.

Laura starrt noch immer auf Mia. Die steht und zupft und lächelt. Das Mädchen in der Tür scheint über eine seltsame Art von Humor zu verfügen. Laura kann der Lage nichts Komisches abgewinnen. Laura beginnt zu wedeln. Erst unauffällig mit dem kleinen Finger der rechten Hand, dann mit allen fünfen. Sie möchte, dass Mia sich versteckt. Frau Sommer zuliebe. Doch Mia ist offenbar nicht nur mit einem merkwürdigen Humor gesegnet, Mia ist obendrein auch noch begriffsstutzig. Eigensinnig. Und blind für gewisse Dinge. Sie reagiert überhaupt nicht auf Lauras Gewedel. Auch nicht, als Laura sich anschickt den ganzen Arm rotieren zu lassen – sehr zur Verwunderung ihrer Mutter.

»Ist was, mein Liebes?« Was antwortet man einer Mutter auf Fragen wie diese? Was würdest du darauf antworten? Hm?

Laura bleibt stumm. Grinst. Ein wenig verkrampft. Und ihre Mundwinkel zittern.

»Fühlst du dich nicht wohl?« Frau Sommer mustert Laura misstrauisch. Wiegt voller Bedenken den Kopf und … dreht sich um. Ohne auf Lauras Quietschen zu achten. Das eine Warnung sein sollte. Und eine Art Hilferuf. Mütter tun eben immer, was ihnen in den Sinn kommt. Auch wenn sie gewarnt werden von ihren Kindern.

Dann erst recht.

Frau Sommer dreht sich um. Und es geschieht …

nichts. Frau Sommer bleibt in der Senkrechten und ganz die alte. Frau Sommer stutzt nicht. Sie zögert nicht einmal. Frau Sommer geht achselzuckend zur Tür – und an Mia vorbei. An einer Mia, die unsichtbar ist für sie. Unsichtbar ist für alle. Außer für Laura. Die grinst und quietscht und bangt.

»Wir essen um eins …« Frau Sommer klingt wie immer. Vielleicht ein wenig zufriedener, ein wenig ruhiger, ein wenig gelassener als sonst.

Laura schließt die Augen. Für ein paar Sekunden nur. Es hilft nichts. Mia steht noch immer in der Tür. Und lächelt.

Langsam ärgert sich Laura über Mias Lächeln. Das freundlich ist. Und ein klein wenig spöttisch. Laura fühlt sich verschaukelt. Und auf den Arm genommen. Ein winziges bisschen krank fühlt sie sich auch.

Vielleicht ist das Mädchen in der Tür ja nur eine Fata Morgana, denkt Laura. Ein Hirngespinst.

Vielleicht hat Opa sie angesteckt. Wer weiß: Vielleicht ist Wahnsinn übertragbar – durch Telefonkabel beispielsweise.

Vielleicht spielt ihr die Vorfreude auf den langen Sommer einen Streich. Oder die Enttäuschung über den verkorksten Morgen.

Vielleicht hat sie in den letzten Monaten einfach zu viel für die Schule gelernt.

Vielleicht kündigen sich so Masern und Röteln an.

Vielleicht ist Mias Erscheinen die Strafe. Dafür, dass Laura gestöbert hat. In Mamas geheimen Bildern.

Vielleicht …

»Hey …«, sagt das lächelnde Wesen in der Tür und hört auf an seinen Zöpfen zu zupfen. »Ich bin Mia. Und du bist meine Tochter, hab ich Recht?«

Gummibärchen isst man nicht

»Nein!«, haucht Laura.

»Doch!«, sagt Mia.

Laura hat beide Hände vors Gesicht geschlagen, als gäbe es nichts Grauenvolleres, als der eigenen Mutter gegenüberzustehen. Von Angesicht zu Angesicht.

»Du kannst unmöglich meine Mutter sein!« Laura ist kaum zu hören. Sie flüstert in ihre Handflächen, die ganz nass sind vor Aufregung.

»So? Kann ich nicht? Wer oder was bin ich dann – deiner Meinung nach?«

Eines hat Laura erreicht: Mia lächelt nicht mehr. Eigentlich schade ... Eine lächelnde Mia war bei weitem hübscher anzusehen als eine, der die Wut wie ein Frosch im Hals sitzt.

Mia marschiert los. Zielstrebig. Mit wippenden Zöpfen. Marschiert an Laura vorbei. Zum Küchenschrank. Der Mamas Geheimnis hütet. Mamas Bilderschatz.

Die Fotoalben anderer Familien haben meist einen Ehrenplatz. Man findet sie im Wohnzimmer, im Regal neben Familienbibel und Stammbuch. Oder zwischen protzigen Bildbänden, die niemanden interessieren, aber viel hermachen. Die keiner in Ruhe betrachtet, aber jeder bewundert.

Das Fotoalbum von Familie Sommer hat keinen Ehrenplatz. Im Fotoalbum von Familie Sommer blättert niemand. Außer Frau Sommer. Hin und wieder. Und Laura. Ab und zu. Wenn keiner in der Nähe ist. Wenn sie sich sicher weiß. Und allein.

Das Fotoalbum von Familie Sommer klemmt nicht zwischen Familienbibel und Stammbuch. Das Fotoalbum von Familie Sommer liegt. Dort, wo Frau Sommer es versteckt und vergraben hat. Im Küchenschrank. Neben Büchsen mit Rotkraut und Linsen. Zwischen Mehltüten, Kochschokolade und steinharten Gummibärchen.

Das Fotoalbum von Familie Sommer soll niemand in die Finger bekommen. Das Fotoalbum von Familie Sommer geht keinen etwas an. Sagt Frau Sommer. Sie wird jedes Mal rot, wenn man von ihm spricht. »Ich lasse es nicht zu«, sagt Frau Sommer, »dass man in meinem Leben blättert wie in einem Versandhauskatalog. Ich lasse es nicht zu, dass man sich amüsiert über mich. Über Opa. Und Oma. Über das, was war. Darüber lacht und schwatzt. Kichert und grinst.«

Frau Sommer will nicht hören. Sie will nicht verstehen, dass gar niemand lachen, schwatzen, kichern und grinsen will. Nur schauen. Und staunen. Über eine kleine Mama. Mit roten Zöpfen. Über eine Oma mit glühenden Backen. Und einen Opa mit vollem Haar.

»Bilder lügen«, sagt Frau Sommer. Und Lügen tun weh. Auf Bildern wird gelacht, gestrahlt, gewunken, was das Zeug hält. Obwohl es nichts gab zum Lachen, Strahlen und Winken. Damals. Obwohl gestritten und geschrien wurde, geschwiegen und getrotzt, sobald der Film voll war und der Fotograf müde. Dann ging man zur Tagesordnung über. Und zur Wahrheit. Mit der Frau Sommer nichts mehr zu tun haben will. Die sie vergessen möchte. Und am liebsten im Garten verbuddeln. Oder aber – klein gerupft – ins Klo werfen. Wenn es so einfach wäre mit der Wahrheit.

Also versteckt Frau Sommer sie, die Lügenbilder, die ihr wehtun. Und sie erinnern an einst. Versteckt sie und sich. Zwischen Mehltüten,

Kochschokolade und steinharten Gummibärchen.

Blödsinnigerweise, findet Laura. Denn erstens ist das Versteck von Frau Sommer schon lange kein Versteck mehr. Jeder weiß davon und jeder tut so, als wisse er nichts. Und zweitens ist es keine Lösung, sich zu verstecken, ein Leben lang. Aber erkläre das einer Frau Sommer!

Eigentlich wollte Laura sich nur eine Hand voll Gummibärchen stibitzen, damals, als sie Frau Sommer in der Küche überrascht und vom Versteck der Bilder erfahren hat.

Laura liebt Gummibärchen. Besonders steinharte. Steinharte Gummibärchen lassen sich vorzüglich lutschen. Und gelutscht schmecken Gummibärchen tausendmal besser als zerbissen. Im Übrigen bringt Laura es nicht übers Herz, Gummibärchen kaltblütig mit spitzen Zähnen zu zerpflücken. Bevor Laura sich ein Gummibärchen in den Mund schiebt, hält sie Zwiesprache mit ihm. Man muss es beruhigen und versuchen ihm sein Ableben schmackhaft zu machen. Falls so etwas überhaupt möglich ist.

Am liebsten wäre es Laura, wenn Gummibärchen ohne Kopf zur Welt kämen. Der Kopf macht alles so kompliziert. Der Kopf macht Gummibärchen zu Menschen. Nicht ganz, aber fast. Und Menschen stopft man sich ja auch nicht ohne nachzudenken in die Backen. Ohne schlechtes Gewissen. Und ohne Mitgefühl.

Wenn Laura einem Gummibärchen ins Gesicht schaut, wird sie traurig. Ihre Leidenschaft für Gummibärchen ist ein Problem für Laura. Aber eines, mit dem sie leben kann.

Als Laura sich eines Tages wieder einmal eine Hand voll Gummibärchen aus der Küche stibitzen wollte und auf Zehenspitzen über die Fliesen huschte, um unentdeckt zu bleiben, da überraschte sie Frau Sommer. Auf eine sich anschleichende Laura war Frau Sommer nicht vorbereitet gewesen. Viel konnte sie von Laura allerdings nicht sehen, denn Frau Sommer weinte. Frau Sommer weint oft, aber über ihr Fotoalbum gebeugt hatte Laura sie noch nie weinen gesehen.

Wenn Frau Sommer weint, zucken ihre Schultern und ihre Locken hüpfen. Von einem Moment auf den anderen hatte Laura ihre Gummibärchen vergessen. Sie trat vorsichtig näher und blinzelte über Frau Sommers zuckende Schulter.

Dicke Tränen tropften auf eines der Mia-Bilder.

Klatschten in Mias Gesicht und auf Opas Füße. Flossen über Omas Bauch und überschwemmten den großelterlichen Rasen.

Es war ein hübsches Bild, fand Laura. Und hübsche Bilder verdienten es nicht, ertränkt zu werden. Vor allen Dingen gefiel ihr Mia. Mit ihren frechen Zöpfen und dem lachenden Mund. Auch Oma und Opa schienen an jenem Tag vergnügt gewesen zu sein. Sie hielten sich eng umschlungen und lächelten fröhlich. Nur Frau Sommer, Frau Sommer weinte. Warum? Laura dachte an ihre Gummibärchen. Besonders an die roten. Rote Gummibärchen lachen mehr als die anderen. Rote Gummibärchen sind besonders glückliche Gummibärchen. Noch. Denn sie wissen nicht, was ihnen bevorsteht. Wenn Laura einem roten Gummibärchen ins Gesicht schaut, muss sie jedes Mal weinen. Ob sie will oder nicht. Dann sieht sie das Ende dieses lachenden Gummibärchens vor sich. Zwischen malmenden Zähnen. Auf einer feucht glänzenden Zunge. Deshalb isst Laura grundsätzlich keine roten Gummibärchen. Es würde Laura das Herz brechen, wenn sie ein rotes Gummibärchen essen müsste.

Wenn Laura beim Anblick von roten Gummibärchen weint, geschieht dies aus Mitleid. Vielleicht weint auch Frau Sommer aus Mitleid, wenn sie Mias Lachen sieht. Und das von Opa und Oma. Frau Sommer weiß mehr als Mia, Opa und Oma. Denn Frau Sommer kennt die Zukunft der drei. Und das Ende. Das Ende einer Familie. Und einer Ehe. Einer Opa-Oma-Mia-Familie. Und einer Opa-Oma-Ehe. Vielleicht weint Frau Sommer aus Mitleid. Mit einer unwissenden Mia. Einer unschuldigen. Und ahnungslosen.

Vielleicht weint Frau Sommer auch aus Sehnsucht. Vielleicht sehnt Frau Sommer sich zurück. Vielleicht will Frau Sommer ganz einfach wieder klein sein. So klein wie Mia, die Mia in ihrem Fotoalbum. Obwohl Frau Sommer behauptet, dass Bilder lügen. Und das Lachen von Mia, Opa und Oma ein falsches ist. Eines, das man sich aufsetzen kann wie einen Hut. Ein Sommer-Sonnenhut-Lügen-Lachen. Das locker sitzt. Und vom nächsten Windstoß davongetragen wird.

Vielleicht will Frau Sommer noch einmal Kind sein. Erwachsene haben nämlich einen großen Kopf, lange Arme und Beine und riesige Füße, aber mitunter haben Erwachsene auch ein äußerst kurzes Gedächtnis und überhaupt keine Ahnung.

Keine vom Kind- und Klein- und Hilflos-Sein. Dann schauen Erwachsene voll Neid auf ihre Söhne und Töchter und seufzen. Reden von »süßer Jugend«. Und davon, dass es ein »Zuckerschlecken« ist, ein Kind, *ihr* Kind zu sein.

Bei »Zuckerschlecken« dachte Laura an ihre Gummibärchen und wurde unruhig. Sie hat ihrer Mutter auf die Schulter getippt. Vorsichtig und zart. Weil sie sie nicht erschrecken und nicht verärgern wollte. Frau Sommer fühlte sich ertappt. Schlug den Lederband energisch zu und wischte sich unwillig die Tränen aus dem Gesicht.

Laura wagte nicht mit einer weinenden und aufgewühlten Mama über Mia zu sprechen. Und Oma. Und Opa. Laura wagte nicht in Gegenwart einer weinenden und aufgewühlten Mama schmatzend Gummibärchen zu vertilgen. Also zog Laura den Kopf entschuldigend zwischen ihre schmalen Schultern und schlich sich davon.

Wahrscheinlich hätte sie mit Frau Sommer reden sollen. Über Mia, Opa und Oma. Aber Kinder sind auch nur Menschen und lassen Probleme lieber dort, wo sie keinen stören. In Küchenschränken zum Beispiel.

Mit Frau Sommer hat Laura nicht geredet an

jenem Tag. Dafür mit Mia. Und Opa. Und Oma. Nachts, als alle schliefen und Laura allein war. Mit sich und den Bildern. Und ihren geliebten Gummibärchen. Oft hat Laura seitdem mit ihnen gesprochen. Ohne dass Frau Sommer, ohne dass irgendjemand je davon erfahren hätte.

Als Laura sieht, wie das rot bezopfte Mädchen beginnt, zwischen Dosen und Tüten nach Beweisen und Frau Sommers Fotoalbum zu graben, legt sie ihr die Hand auf die Schulter und sagt: »Ich glaube dir … Mia!«

Mia dreht sich um. »Ehrenwort?«

»Klar!« Laura nickt.

Auf dem Boden des Küchenschrankes liegen zwei rote Gummibärchen. Steinharte, versteht sich.

Laura deutet auf die beiden und fragt: »Möchtest du eines?«

Mia schüttelt sich. »Gummibärchen? Wo denkst du hin? Ich esse keine Gummibärchen! Schon gar keine roten.«

Laura grinst. Sie nimmt die beiden Bärchen und bettet sie sanft auf eine Tüte gemahlener Nüsse. Bauch an Bauch. Dort können sie lachen. Und träumen. Und brummen. Eventuell.

Das Traumkind

»Wir müssen reden!«, sagt Laura.

»Reden?« Mia sitzt auf dem Küchenfußboden und knabbert an einer Tafel Schokolade. Sie hat die Augen geschlossen, denn nur mit geschlossenen Augen lässt sich ungestört genießen.

So richtig verstehen kann Laura die ganze Sache noch immer nicht. Mia sieht aus wie ein vollkommen normales Kind. Mag sein, dass ihre Kleidung nicht auf dem neuesten Stand der Dinge ist, aber schließlich gibt es kein Gesetz, das Kindern vorschreibt als wandelnde Modepuppen durch die Gegend zu spazieren. Auch Traumkindern nicht.

Obwohl Laura von Traumkindern bislang nichts gehört hat. Für Traumkinder kennt sie keine Richtlinien, Gesetze und Regeln. Traumkinder sind freie Kinder, glaubt Laura.

»Du bist davongelaufen!«, sagt Laura vorwurfsvoll.

Mia blinzelt. »Und?«

»Man läuft nicht einfach davon!« Laura ist empört.

»So? Wer sagt das?« Mia nuschelt ein wenig. Die Schokolade hat sich in ihrem Mund in Soße verwandelt, herrlich braune, wunderbar süße, samtig-dicke Schokoladensoße.

»Wer das sagt?« Laura runzelt die Stirn. »Alle … alle sagen es …«

»Was kümmern mich alle? Es gibt Momente im Leben, in denen man keine Wahl hat. Und wer keine Wahl hat, läuft eben …«

»Quatsch!« So einen Unsinn will Laura nicht gelten lassen. »Opa macht sich Sorgen. Es macht sich immer einer Sorgen, wenn man davonläuft.«

Mia lässt sich nur ungern vom Naschen abhalten. Sie spitzt die Lippen und schleckt hingebungsvoll Schokoladenkrümel.

»Er …« Laura zögert. »Er … liebt dich.« Nun ist es raus. Laura schluckt und Mia reißt die Augen auf. Für einen Moment befürchtet Laura, sie könnten ihr aus dem Kopf springen.

»Ach nee, er liebt mich … Komisch …« Mia knüllt das leere Papier zu einer dicken Kugel, die sie hoch in die Luft wirft. »Komisch, dass ich davon nichts bemerkt habe …«

»Aber es ist so …« Laura hüpft unruhig auf und nieder. Sie möchte Mia von Opas Liebe überzeugen. Auch wenn Mia sich nicht geliebt fühlt.

Mia beobachtet Lauras Tanzeinlage mit misstrauisch gerunzelter Stirn. »Ich halte nichts davon …«

»Wovon?« Laura hält mitten in der Bewegung inne.

»Von einer Liebe, die man nicht spürt. Von einer unsichtbaren Liebe. Weißt du, ich bin ein fauler Mensch …«, beginnt Mia.

»So?« Laura sieht keinen Zusammenhang zwischen Opas Liebe und Mias Faulheit.

»Ein äußerst fauler Mensch sogar. Ich hasse es, suchen zu müssen. Wenn ich etwas verliere – und leider verliere ich ständig irgendetwas –, wenn ich etwas verliere, dann suche ich nie danach. Es wird seine Gründe gehabt haben, das Ding, denke ich mir. Ohne Grund geht auf dieser Welt nichts verloren. Vielleicht habe ich es schlecht behandelt – oder ihm war langweilig in meiner Nähe. Man muss die Entscheidungen anderer achten – auch, wenn sie einem wehtun …«

»Und was hat das mit Opas Liebe zu tun?«, fragt Laura verwirrt.

»Ich denke nicht daran, nach ihr zu suchen. Ich denke nicht daran, mich auf den Weg zu machen und jeden Grashalm umzudrehen, in der Hoffnung sie irgendwo aufzuspüren …«

»Schlägt er dich denn?«

»Nein!« Ungeduldig wackelt Mia mit dem Kopf. »Nein, Opa schlägt nicht.«

»Was tut er dann Unverzeihliches? Brüllt, tobt und wütet er?«

Mia zögert, pickt sich kleine Schokoladenstückchen vom Rock und schnalzt nachdenklich mit der Zunge. »Nein, Opa ist keiner, der brüllt, tobt und wütet. Dafür ist Oma zuständig. Opa … Opa sieht mich nicht. Und manchmal, glaube mir, manchmal ist es schlimmer, nicht gesehen als geschlagen und niedergebrüllt zu werden.«

»Ist er denn blind?«, fragt Laura verblüfft.

Mia nickt. »Die meisten Mamas und Papas, die meisten Menschen sind blind – für andere. Sogar für ihre Kinder. Wir gehören dazu. Wie der Stuhl, auf dem sie sitzen. Wie der Tisch, von dem sie essen. Ganz selbstverständlich. Alles Selbstverständliche wird mit der Zeit langweilig. Auch wir Kinder. Und langweilige Dinge übersieht man. Vergisst man. Bis sie verschwinden. Sich aus dem

Staub – auf und davon machen. Dann fangen sie an, die Mamas und Papas, fangen an zu suchen und zu schreien. Zeter und Mordio. Und wollen zurückhaben, was ihnen abhanden gekommen ist, um jeden Preis.«

»Und du?« Laura schluckt. »Willst du nicht wieder zurück? Zurück zu Opa? Zurück in seinen Traum?«

Mia zuckt die Schultern. »Ach weißt du, ich lache gern. Laut und viel. Oft und lange. Und in Opas Träumen wird selten gelacht. Verdammt selten. In Opas Träumen wird gestritten. In Opas Träumen wird geschwiegen. Und gebrüllt ...«

»LAUUUUUURAAAAAAA!«

Laura wird blass. »Das ist Mama ... ich meine ...«

»LAURAAA! Kannst du Brot und Milch besorgen?«

Mia hält sich die Ohren zu. Laura rennt aufgeregt zur Küchentür. Ihre Stimme zittert: »Sicher ... sicher kann ich das! Brauchst du sonst noch irgendetwas?«

»Nein!«, dröhnt es von oben. »Das heißt, sei doch so lieb und bring mir ein Kilo gute Nerven mit. Gute Nerven kann ich immer gebrauchen.«

Dann knallt eine Tür. Es ist die Badezimmertür. Laura kann das Knallen der Türen im Haus ohne große Probleme auseinander halten. Laura ist Fachfrau, nicht nur, was rote Telefone, sondern auch, was knallende Türen betrifft. Sie weiß sogar, wer welche Tür ins Schloss donnern lässt. Papa knallt anders als Mama. Knallende Wut klingt tausendmal bedrohlicher als türschlagende Traurigkeit.

Im Grunde ist Laura froh über Mamas Auftrag. Mit einem schmatzenden Traumkind Gespräche zu führen, gehört nicht eben zu Lauras Lieblingsbeschäftigungen. Da geht Laura lieber einkaufen.

»Ich komme mit!« Mias Ton duldet keinen Widerspruch.

»Aber ...!« Damit hat Laura nicht gerechnet. Sie fühlt ihre Knie weich werden.

»Nichts aber! Hast du etwa Angst?«

Beschämt senkt Laura den Kopf. Ja, sie hat Angst. Angst davor, am helllichten Tag mit einem Traumkind durch belebte Straßen zu bummeln. Angst vor misstrauischen Blicken. Und vor alten Bekannten, die Frau Sommer schon als Kind kannten. Mit ihr gespielt, geschwatzt, gekichert haben. Früher einmal. Vor langer, langer Zeit.

Kann Mia Gedanken lesen? Sie stupst Laura freundschaftlich in die Rippen und flüstert in vertraulichem Ton: »Sie können mich nicht sehen. Keiner kann mich sehen – außer dir.«

Laura holt Luft und versucht zu lächeln. »Ist das wahr?«

Da wirft sich Mia in die Brust. »Traumkinder lügen nicht! Nie und nimmer! Verstanden?«

Laura nickt. Sie greift nach dem Geldbeutel von Frau Sommer und steckt ihn in die Hosentasche. »Dann nichts wie los!«

Schrei, Laura, schrei!

An diesem Morgen, Lauras erstem Ferientag, ist tatsächlich alles anders als sonst. Die Luft riecht frischer, und der Wind tuschelt leise in Lauras Ohr. Die Blumen leuchten bunter, der Himmel blauer, und die Menschen strahlen.

Angst hat Laura immer noch. Ein klein wenig. Angst davor aufzufallen. Entdeckt und angegafft zu werden. Obgleich wohl niemand etwas auszusetzen hätte an zwei bummelnden Mädchen, selbst wenn andere Mia sehen könnten, denn sie hat ja weder grüne Haare noch Warzen auf der Nase. Sie ist ein Kind wie alle anderen. Und doch … ist sie Lauras Mutter. Gewissermaßen.

Allerdings ist sie eine höchst merkwürdige, höchst ungewöhnliche und ausgesprochen junge Mutter. Eine, die grinst und mit den Augen rollt, sich wie ein Kreisel dreht, die Zöpfe wirbeln und die Schuhe tanzen lässt.

Als Mia damit beginnt, fröhliche Lieder zu trällern, knufft Laura sie entsetzt in die Seite. »Bist du wahnsinnig?«, zischt sie.

Mia nickt stürmisch. »Ja, wahnsinnig glücklich. Schau dich doch um – ist das Leben nicht herrlich?«

Laura schaut. Und sie muss Mia Recht geben: Das Leben *ist* herrlich. Zumindest jetzt, in diesem Augenblick.

Je weiter sie sich von Familie Sommers Haus entfernen, desto unbekümmerter wird Laura. Sie hüpft auf einem Bein. Erst auf dem rechten. Dann auf dem linken. Sie läuft Zickzack-Linien. Sie

klammert sich an Laternenpfähle und versucht kichernd hinaufzuklettern. Sie jagt einen zornig knurrenden Hund kläffend am Gartenzaun entlang und krault einer streunenden Katze das Fell. Sie spielt feine Dame, stolziert anmutigen Schrittes an Mias Seite – und wankt wie ein betrunkener Matrose grölend in den Rinnstein.

Wenige Meter vor der Unterführung bleibt Laura stehen. Ruckartig und ohne Vorwarnung. Mia, die sich als Schatten an ihre Fersen geheftet hat, prallt unsanft gegen Lauras Rücken.

»Hey, kannst du deine Bremsmanöver nicht rechtzeitig ankündigen? Du bringst mich noch ins Krankenhaus!«

»Wir müssen da durch!« Laura deutet nach vorn. »Wenn wir in die Stadt wollen, dann müssen wir da durch …«

Mia hat breitbeinig neben Laura Stellung bezogen. »Und worauf warten wir, geliebtes Tochterherz?«

Laura zögert. »Ich mag sie nicht …«

»Wen?« Gespannt wippt Mia auf den Zehenspitzen.

»Die Unterführung …« Lauras Übermut ist wie fortgeblasen. »Ich mag sie nicht …«

»Bitte?« Mia staunt. »Das musst du mir schon genauer erklären. Wie kann man eine harmlose, unschuldige, nette, kleine Unterführung nicht mögen?«

»Sie ist dunkel ... und kalt ...«, flüstert Laura. »Sie ist unheimlich ... und lang.«

»Hm.« Mia überlegt. »Die meisten Unterführungen sind dunkel und kalt, einige auch unheimlich und lang. Das kannst du ihnen nicht zum Vorwurf machen. Eine Unterführung, die nicht dunkel, kalt, unheimlich und lang ist, kann nie und nimmer eine richtige Unterführung sein. Man muss die Dinge nehmen, wie sie sind, auch Unterführungen ...«

»Ich habe Angst ...«, gesteht Laura kleinlaut.

»Angst? Wovor?« Mia staunt. »Unterführungen beißen doch nicht. Zumindest ich bin noch nie von einer Unterführung gebissen worden. Unterführungen fressen weder neunjährige Mädchen noch Traumkinder auf der Flucht. Im Grunde sind Unterführungen bedauernswerte Geschöpfe ...«

Laura horcht auf. »Bedauernswerte Geschöpfe?«

»Ja, ganz recht«, bestätigt Mia. »Keiner mag sie. Kinder fürchten sie. Oder beschmieren ihre

Wände. Hunde pinkeln ihnen ans Bein und Erwachsene stopfen sie voll mit Müll und stinkendem Abfall. Niemand tut das, wonach sich Unterführungen sehnen …«

Von den Sehnsüchten unglücklicher Unterführungen hat Laura noch nie etwas gehört. Die Sehnsüchte anderer machen Laura aber neugierig. »Und wonach sehnen sich Unterführungen wie diese?« Laura lauscht gespannt.

Mia beugt sich vertraulich zu ihr und raunt: »Sie sehnen sich danach, dass man schreit.«

»Dass man schreit?«, fragt Laura verdutzt.

Mia nickt mit ernster Miene. »Nichts in der Welt wollen Unterführungen mehr, als dass man in ihnen schreit.«

Laura hat das dumpfe Gefühl, dass sich Mia lustig machen möchte über sie. »Du schwindelst! Warum sollten Unterführungen derart verrückte Wünsche haben?«

Mia wundert sich über so viel Begriffsstutzigkeit. »Weil das Leben unter der Erde langweilig ist und Unterführungen zum Nichtstun verdammt sind. Und zum Schweigen. Wenn sie könnten – glaube mir –, wenn sie könnten, würden sie es selber tun!«

»Was?« Laura hängt gebannt an Mias Lippen.

»Schreien, natürlich, du Pflaume!«, lacht Mia.

»Ich habe noch nie in einer Unterführung geschrien.« In Lauras Stimme schwingt Bedauern.

»Dann wird es Zeit, Laura.«

Laura wehrt ab. »Ich glaube nicht, dass mir das Spaß macht.«

»Du *glaubst* es nicht?«, stöhnt Mia fassungslos. »*Probieren* musst du es! Ich verspreche dir: Du wirst nicht mehr aufhören wollen damit!«

Laura hat Bedenken. Zweifel. Und weiche Knie. »Und wenn mich jemand hört?«

Mia schlägt sich mit der Hand an die Stirn. »Dann hört er dich eben!«

»Sie werden schimpfen!«, entgegnet Laura.

»Wer?«, knurrt Mia ungeduldig.

»Die Erwachsenen!«, haucht Laura.

»Warum sollten sie?« Mia will Lauras Einwand nicht gelten lassen. »Weil man nicht schreit …«, seufzt Laura, »einfach so … ohne Grund …«

»Ohne Grund?« Mias Gesicht wird finster. »Meinst du nicht, es ist besser, in Unterführungen statt an Familientischen zu schreien? Meinst du nicht, es ist besser, grundlos zu schreien als aus Wut und Hass?«

Laura atmet tief durch. Laura ist kein mutiges Mädchen. So etwas wie Mut hat Laura nie gelernt.

Mia macht einen Schritt nach vorn. »Ich werde es dir zeigen …«

»Nein!« Laura schüttelt heftig den Kopf. »Nicht nötig. Ich weiß sehr wohl, wie man schreit.«

»So?« Mia schmunzelt. »Das musst du mir erst beweisen.«

Laura steigt langsam die Stufen hinab. Ihr Herz pumpert vor Aufregung bis zum Hals.

»Am besten, du rennst, Laura. Im Rennen kommt der Schrei wie von selbst.« Mia steht dicht hinter ihr. Laura spürt ihren Atem und ihre Kraft, ihre Ungeduld und eine eigenartige Wärme. »Sollen wir gemeinsam laufen? Hand in Hand?« Weich ist sie geworden, Mias Stimme, dunkel und sanft.

Laura nickt. »Also dann …«

»Also dann!«, flüstert Mia. »Eins … zwei … drei!«

Laura fühlt sich nach vorn gerissen. Ob sie will oder nicht, sie muss anfangen zu laufen. Und Laura läuft. Erst langsam, dann schnell und schneller.

Laura beginnt zu lächeln.

Laura lacht.

Der Luftzug bläst ihr die Haare aus dem Gesicht und kühlt ihre Wangen. Laura fühlt sich leicht. Laura fühlt sich frei.

Als sie die Mitte der Unterführung erreicht haben, lässt Mia sie los. Für den Bruchteil einer Sekunde sieht Laura zur Seite in Mias Augen. Dann öffnet sie den Mund. UND SCHREIT!

Da ist niemand, der sie hätte hören können, außer einer alten Frau am Ende des Tunnels. Die wiegt bedächtig den Kopf und grinst verstohlen in sich hinein.

Von schwebenden Jungfrauen und fliegenden Keksen

Laura ist außer Atem, um einen Schrei und mindestens drei Zentner Angst leichter. Laura fühlt sich phantastisch. Eigentlich würde sie gerne weiterrennen. Hin und her. Bis in die Nacht hinein.

Doch Mia quengelt. Sie möchte Lauras Stadt sehen, die früher einmal die Stadt der kleinen Frau Sommer war. Sie zerrt und reißt an Lauras Hemd. Sie schiebt und drängt sie voran. Man könnte meinen, es sei Weihnachten und Mia im Bescherungsfieber.

Laura lacht. Laura lacht anders als sonst. Laura lacht laut und hemmungslos. Es gibt Leute, die stehen bleiben und missbilligend den Kopf schütteln. Denen lacht Laura mitten ins Gesicht. Darauf sind sie nicht gefasst. Sie weichen zurück und stolpern verstört weiter. Nur einer fragt, ob es einen Grund für Lauras gute Laune gebe. Und ob er vielleicht mitlachen dürfe.

Nein, meint Laura, einen Grund gebe es nicht für ihre Fröhlichkeit. Aber mitlachen könne er selbstverständlich.

Da klopft ihr der Mann auf die Schulter und schmunzelt vergnügt. Früher wäre Laura zusammengezuckt. Früher wäre Laura unter seiner Hand abgetaucht und hätte das Weite gesucht. Aber heute ist nicht früher – und was kann einem mit einer neunjährigen Mutter an der Seite schon Schlimmes passieren?

Im Moment sieht Mia allerdings eher aus wie ein neun Monate altes Baby, mit großen Augen und einem Blick, der gierig Bilder trinkt. Sie aufsaugt wie ein Schwamm und nicht wieder hergibt. Sie hat etwas Rührendes an sich, die kleine Frau Sommer. Laura möchte sie in die Arme nehmen und an sich pressen. Laura möchte ihr übers Haar streichen und sie Mama nennen.

Mia wäre damit bestimmt nicht einverstanden gewesen. Also steckt Laura die Hände sicherheitshalber in die Hosentaschen. Da stößt sie auf Mutters Geldbeutel und ihr wird heiß. Frau Sommers Auftrag hätte sie fast vergessen. Was sollte sie besorgen? Ein Kilo Nerven?

Mit einem Kilo Nerven wäre Frau Sommer

wohl kaum gedient. Mit einem Kilo würde Frau Sommer nicht weit kommen. Höchstens bis zum Abendbrot. Spätestens, wenn sie sich beim Salatputzen in den Finger schneidet, spätestens dann wäre das Kilo aufgebraucht. Und Frau Sommer schneidet sich regelmäßig in den Finger. Egal, was sie unter dem Messer hat. Frau Sommer ist das, was Herr Sommer einen Schussel nennt. Frau Sommer lässt sich nur höchst ungern Schussel nennen, aber wo Herr Sommer Recht hat, da hat er Recht. Leider. Wenn Frau Sommer sich in den Finger schneidet oder an heißen Töpfen denselben verbrennt, wenn Frau Sommer sich beim Nudelnabgießen das kochende Wasser über den Arm kippt oder mit dem Bügeleisen rote Streifen aufs Handgelenk zaubert, dann schreit Frau Sommer.

Die Schmerzensschreie von Frau Sommer sind gellend und fahren Laura gnadenlos in den Magen, lassen sie nach Luft schnappen und in das Gebrüll ihrer Mutter einstimmen. So kommt es vor, dass sie im Duett schreien und Herr Sommer weiß wird vor Schreck. Herr Sommer ist einiges gewöhnt, aber zwei kreischende Frauen, die wild gestikulierend durch die Küche tanzen, sind für Herrn Sommer eine zu viel.

Vielleicht wäre es ratsam, Herrn Sommer ebenfalls mit einem Kilo Nerven zu versorgen. Und einer Doppelpackung Oropax.

Als Laura an Frau Dünnbiers Laden vorbeikommt, fällt es ihr wieder ein: Brot soll sie kaufen und Milch.

Sie packt Mias Hand und zieht sie mit sich. Mia gehorcht willenlos. Sie ist wie betäubt vom Schauen, ein kleines Häufchen Mensch, ein schlafwandelndes Traumkind.

Es ist kühl in Frau Dünnbiers Laden. Kühl und eng. Laura zwängt sich mit Mia durch die Gänge und äugt suchend umher. Auch Mia hält Ausschau, doch während Laura zielstrebig ein Regal ansteuert, bleibt Mia bei den Süßigkeiten kleben, als wäre sie von zuckrigen Monstern gefangen genommen und festgehalten worden.

Mias Mund wird wässrig. Ihr Hals wird eng. Da liegen Kekse und Bonbons, Geleefrüchte und Mohrenköpfe. Griffbereit. In knallbuntes Papier gewickelt. Mit drolligen Zwergen verziert.

Mia schluckt. Trotz der Tafel Schokolade, die sie in Lauras Küche bereits gierig verschlungen hat, ist ihr Hunger auf Süßes noch lange nicht gestillt. In Opas Träumen wird selten genascht. In

Opas Träumen ist keine Zeit zum Naschen. Da wird gestritten und geschrien und gekämpft. Bisweilen auch getrauert und geweint. Getrotzt wird. Und gelaufen. Einander nach. Oder davon.

Manchmal ist Mia auch in Omas Träumen zu Gast. Dort darf sie singen und Blumenkränze binden. Tanzen und durch blühende Wiesen hüpfen. Hin und wieder lachen, kichern und albern sein. Omas Träume sind anders, anders als die von Opa. Leichter. Beschwingter. Und voller Musik.

Manchmal wird auch in Omas Träumen gestritten, geschrien und gekämpft. Bisweilen auch getrauert und geweint. Manchmal träumen die beiden denselben Traum, Oma und Opa. Am Meer. Und in den Bergen. Dann liegen sie in ihre Decken gekuschelt. Ohne vom andern zu wissen. Ohne zu ahnen, dass er das gleiche fühlt. Und denkt. Und träumt. Dann stöhnen und schmatzen und schnarchen Oma und Opa zu zweit, während Tränen über ihre faltigen Gesichter rinnen und auf knittrige Laken tropfen.

Die Träume, die sie sich teilen, sind traurige Träume. Voll Sehnsucht. Und Schmerz. Träume, in denen weder gegessen noch getrunken, geschweige denn genascht, gelutscht und geknabbert werden darf. Dabei sind Traumkinder Schleckermäuler, die sich nach Süßem verzehren und auf Sehnsucht und Schmerz gerne verzichten würden.

Mitunter wird Mia auch in Frau Sommers Träume gerufen, die für Mia die schlimmsten sind. Bei ihr muss Mia weinen, schluchzen und traurig sein. Auf nassen Kissen liegen und in feuchte Decken beißen. Sie muss Opa hassen und Oma fürchten. Ob sie nun will oder nicht.

Sie sind nicht frei, die Kinder im Traum. Niemand im Traum ist frei. Keiner darf tun, was er will. Jeder hat seine Rolle, seinen Text, seinen Sinn in der Geschichte, der Nacht-Geschichte, dem Traum, den der Träumer sich selber erzählt. Den er sich selber wählt aus tausend verschiedenen Träumen, die nur darauf warten, geträumt zu werden. Hervorgeholt. Durchlebt. Durchlitten.

Er weiß nicht, dass er sie hat: die Wahl. Der Träumer, der sich zu Bett begibt. Wenn er es wüsste, dann, ja dann wäre vieles leichter. Für ihn – und für die Kinder im Traum.

Er könnte sich lustige Träume wählen. Solche, in denen gelacht und gegackert, gejapst, gekitzelt und geprustet wird.

Er könnte sich schöne Träume wählen. In denen geliebt wird, gestreichelt und geküsst. Warme Träume. Zärtliche. Und süße.

Er könnte die Menschen in seinem Traum strahlen lassen. Und reden. Einander vertrauen und lieben. Essen könnte er sie lassen. Trinken. Und naschen.

Dann wären Traumkinder glückliche Kinder. Zufrieden und satt. Und vielleicht wäre er auch ein glücklicher Träumer. Einer, der sich freut auf die Nacht. Und den Tag genießt.

Man muss es ihm sagen, denkt Mia, das Kind aus dem Traum. Man muss es ihm sagen, dass er die Wahl hat. Zumindest im Traum. Vielleicht aber auch im Leben. Wer weiß? Die Wahl zwischen lachen und weinen, traurig und glücklich sein. Er muss es nur wissen – und sich entscheiden. Er muss sie nur wollen, die schönen, die friedlichen, die sanften, die Tanz-, die Lach- und Knabberträume. In denen man schmatzen und schlingen darf, mümmeln und mampfen.

Mia schluckt. Sie streckt beide Hände aus und greift zu. Sie klemmt sich Chips unters Kinn und Kekse unter die Achseln. Sie stopft Bonbons zwischen Bauch und Hemd und Lutscher in die Hose.

Voll bepackt wie ein Lastesel folgt sie Laura, tappt vorsichtig hinter ihr her. Dabei knistert sie leise. Ihr Atem geht schwer. Schweißperlen stehen auf ihrer Stirn.

Frau Dünnbier hockt schlecht gelaunt an der Kasse und zählt Geld. Sie murmelt und klimpert, rechnet und schnaubt.

Frau Dünnbier ist immer schlecht gelaunt. Auch, wenn sie nicht rechnet und klimpert und zählt. Denn Frau Dünnbier ist ein Morgenmuffel. Der Morgen von Frau Dünnbier dauert allerdings länger als der Morgen anderer Leute. Frau Dünnbier muffelt bis zum Abend. Erst wenn sie den Schlüssel ins Schloss stecken und den letzten Kunden auf die Straße scheuchen darf, blüht Frau Dünnbier auf. Keine Minute früher.

Als Laura zur Kasse kommt und Milch und Brot auf den Tisch legt, entschließt sich Frau Dünnbier zu einem wahrhaft untypischen Lächeln. Vielleicht sollte man das Beben ihrer Mundwinkel nicht als Lächeln, sondern eher als Nervenzucken bezeichnen.

Doch Frau Dünnbier lächelt nicht lange. Als Frau Dünnbier nämlich Mias Chips- und Kekstüten, Mohrenköpfe und Kaugummistangen an sich und Laura vorüberschweben sieht, stürzen ihre Mundwinkel ab und der Versuch eines Lächelns plumpst zu den Einpfennigstücken in ihre Kasse.

Frau Dünnbier starrt wie ein hypnotisiertes Kaninchen. Frau Dünnbier kennt Halluzinationen nur vom Hörensagen. Und schweben tun in Frau Dünnbiers Leben nur Jungfrauen, abends, im Fernsehprogramm.

Frau Dünnbier zittert, während Chips- und Kekstüten, Mohrenköpfe und Kaugummistangen durch die Ladentür fliegen. Gemächlich, ohne sich durch stiere Blicke und Frau Dünnbiers Zittern aufhalten zu lassen.

Frau Dünnbier beugt sich weit über den Ladentisch und schießt hastige Blicke in die Gänge. Frau Dünnbier sucht, sie weiß nicht, was. Versteckte Kameras? Verwandte mit Tröten zwischen den Lippen und Papierhütchen auf dem Kopf? Da fällt ihr ein, dass es August und nicht Fasching ist. Geburtstag steht auch keiner vor der Tür. Und bis zum ersten April ist es noch lange hin. Will jemand sich einen üblen Scherz erlauben mit ihr?

Frau Dünnbier hetzt um den Ladentisch, wedelt Laura zur Tür hinaus, den Süßigkeiten hinterher. Nicht einmal bezahlen lässt sie sie.

Frau Dünnbier kramt in ihren Taschen nach ihrem Schlüssel, wird fündig – und tut, was sie um diese Tageszeit noch nie getan hat: Sie schließt das Geschäft und klebt einen Zettel an die Scheibe:

BIN ERKRANKT.

Und krank fühlt sie sich wirklich, die arme Frau.

Kochkurs im Park

»Weißt du, was das war?«, schmatzt Laura.

»Was?« Mia ist kaum zu verstehen. Sie hat sich einen Riesenlutscher zwischen die Zähne geklemmt und lässt den süßen Saft in ihre Kehle rinnen.

»Das!« Laura hebt die Chipstüte in die Höhe. Es regnet würzige Brösel, die in Lauras Rachen verschwinden.

»Eine pri...ma I...dee!«, lallt Mia selig.

»Blödsinn!« Laura würgt. Mühsam richtet sie sich auf und röchelt: »Diebstahl, gemeiner, hinterhältiger Diebstahl war das!«

»Diebstahl?« Diese Anschuldigung kann Mia unmöglich auf sich sitzen lassen. »Und wo, bitte schön, ist der Dieb?« Den rot-weiß gestreiften Lutscher hält sie wie ein Signal empört in die Luft, als wolle sie Lauras Gedanken wieder in vernünftige Bahnen lenken. »Wo kein Dieb, da auch kein Diebstahl, oder?«

Laura ist verblüfft. Unter diesem Gesichtspunkt hat sie die Angelegenheit noch nicht betrachtet. Nachdenklich lässt sie sich in eine bequemere Lage gleiten. Mit ihrer Linken greift sie unter die Bank und fischt nach Nachschub.

»Beruhigt?«, mümmelt Mia.

Laura weiß nicht, ob sie sich mit einer Antwort wie dieser zufrieden geben darf. Wortlos reißt sie eine Packung Schokoladenkekse auf und beginnt zögernd zu knabbern.

Die Kirchturmuhr schlägt elf. Mia schließt die Augen und schnuppert. Im Stadtpark riecht es nach Sommer, Sonne und Freiheit. Nach Blumen, roten, gelben, blauen. Nach trockenem Laub. Und Frieden. Mia seufzt. Sie streckt die Beine weit von sich und stemmt die Schuhe in den Sand. Er ist angenehm weich.

Mia kennt den Park aus Träumen. Aus Frau Sommers Träumen, die selten schön sind, kaum lustig und froh. Und doch, in manchen Frau-Sommer-Nächten muss das Traumkind nicht weinen, schluchzen und traurig sein. In manchen Frau-Sommer-Träumen darf Mia spielen, in Sandkästen Burgen bauen und kühne Gebirgsketten, darf bohren, graben, buddeln. Und lachen. In manchen Nächten vergisst Frau Sommer Trauer und Dunkelheit. Und denkt zurück an das Glück, das es auch gab.

Mia kennt den Park aus Träumen. Aus Frau Sommers Träumen. Nur die Bäume sind größer und die Bänke grün geworden. Sonst ist alles geblieben, wie es war. Vor langer Zeit, als Frau Sommer noch Mia hieß statt Maria und Kind war.

»Siehst du die riesige Eiche dort drüben?« Mia ist ungeduldig geworden und dem Lutscher mit ihren spitzen Zähnen zu Leibe gerückt.

»Bin ich blind?«, fragt Laura.

»Alle Menschen sind blind.« Mia zwinkert. Und Laura knurrt: »Den Spruch hatten wir heute schon.«

Der Vorfall in Frau Dünnbiers Laden liegt Laura schwer im Magen. Vielleicht ist es aber auch die hochbrisante Mischung aus Kartoffelchips und Schokoladenkeksen, die ihr zu schaffen macht.

Laura beschließt satt zu sein und lässt die Kekse auf den Boden fallen. Parkbänke sind hart und auf Dauer unbequem. Sie quält sich in die Höhe und streckt sich gähnend.

»Die Eiche dort war der Lieblingsbaum deiner Mutter!« Mia klingt verträumt. »In ihr konnte sie stundenlang hocken und Menschen beobachten.«

»Habe ich dich recht verstanden?« In der Aufregung verschluckt sich Laura und muss heftig husten. Man sollte es nicht für möglich halten: »Du – ich meine: sie – meine Mutter – ist da früher hinaufgeklettert? Als sie so alt war wie ich?«

»Aber sicher ...« Mia nickt heftig. »Sicher ist sie hinaufgeklettert. Es gibt nichts Schöneres, als in riesige Eichen zu klettern und Menschen zu beobachten.«

»Unverschämtheit!« Laura ist wütend. »*Sie* ist hinaufgeklettert – ausgerechnet sie!«

»Ich verstehe nur Bahnhof!« Mia runzelt die Stirn.

»Auf Eichen klettern und sich anschließend dumm stellen, das lobe ich mir!« Laura stampft zornig mit den Füßen. Laura ist nicht der Typ, der oft zornig mit den Füßen stampft. Aber da sie nun einmal raus muss, die Wut, hält Laura das Füßestampfen für eine angemessene und relativ friedliche Methode sich ihr zu entledigen.

Mia staunt. »Wärst du so freundlich mir zu erklären, weshalb du so wütend bist?«

»Aber sicher!«, faucht Laura. Sie hört auf zu

stampfen und verschränkt die Arme. »Ich kenne eine Frau, die heißt Sommer. Maria Sommer. Sie ist 34 Jahre alt und Mutter eines netten Mädchens mit Namen Laura.« Laura schnaubt. »Laura ist neun und liebt Bäume. Sie liebt es, hinaufzuklettern und Menschen zu beobachten. Für Laura gibt es nichts Schöneres, na ja, fast nichts Schöneres, als zu klettern, zu sitzen und zu schauen. Eigenartigerweise ist diese Frau Sommer damit nicht einverstanden. Laura darf Bäume zwar lieben, aber nicht in ihre Wipfel steigen. Sobald Laura den Stamm eines Baumes auch nur berührt, wird Frau Sommer wütend. Und handgreiflich. Sobald Laura ihre Hände an den Stamm eines Baumes legt, legt Frau Sommer Hand an sie. Reißt sie zurück und brüllt sie nieder. Wirft mit Flüchen um sich wie mit dem Geld. Schimpft und kreischt: ›Du machst dich dreckig! Für wen hältst du mich? Für deine Putzfrau? Du wirst dir beide Arme brechen und die Beine obendrein! Du bringst dich noch ins Krankenhaus und mich an den Rand eines Nervenzusammenbruchs! Du … du … Kind, du!‹«

Laura wird abwechselnd rot und weiß. Sie erinnert Mia an ihren Lutscher. Nur ist Laura nicht süß, sondern ausgesprochen sauer. Stinksauer.

»Schau mich an …« Mia berührt Lauras Hand und flüstert: »Ich bin Mia, die Mia aus Opas Traum. Wie alt bin ich? Hm? Ich bin neun. Neun Jahre. Nicht 34. Und auch nicht deine Mutter. Ein Traumkind bin ich, das man sich ruft in seine Träume. Träume von früher. Von damals. Von einst. Ein Traumkind bin ich. Darf nicht tun, was ich will. Muss meine Rolle spielen. Muss weinen, schluchzen und traurig sein. Nur manchmal, manchmal habe ich Glück. Dann lässt man mich auf Bäume klettern, sitzen und schauen. Auf Menschen und Kinder, Blumen und Wiesen. Ich bin nicht frei. Und auch nicht schuld an dem, was deine Mutter mit dir tut. Wer die Schuld trägt? Es sind die Jahre. Es müssen die Jahre sein, die Mia verändert, verwandelt, versteinert haben. Die alle verändern, verwandeln … Es ist die Zeit … – Kannst du kochen, Laura?«

Kochen? Laura hasst Ablenkungsmanöver. Laura will sich ihre Wut nicht nehmen lassen. Laura schweigt.

Aber Mia ist nicht so leicht aus der Bahn zu werfen. »Wenn du ein Stück Fleisch in die Pfanne legst …«

Laura rollt mit den Augen.

»Wenn du ein saftiges, zartes, leckeres Stück Fleisch in die Pfanne legst und es brätst, dann hast du anschließend – was?«

Langsam zweifelt Laura an Mias Verstand.

»Dann hast du anschließend ein knuspriges Schnitzel auf dem Teller«, fährt Mia fort.

»Und?« Bei dem Gedanken an knusprig gebratene Fleischstücke wird Laura übel.

»Wenn du ein saftiges, zartes, leckeres Stück Fleisch in die Pfanne legst und es brätst …« Mias Schallplatte scheint einen Sprung zu haben.

»Ich koche nie!«, knurrt Laura.

»Schade!«, meint Mia. »Kochen kann verdammt viel Spaß machen. Angenommen, du *würdest* kochen – oder vielmehr: braten – und das Telefon klingelt …«

Laura unterbricht Mias Redeschwall: »Ich wollte mit dir über Bäume sprechen. Nicht über Schnitzel und Telefonterror!«

»Was machst du dann?« Mia lässt nicht locker.

»Wann?«, fragt Laura.

»Wenn das Telefon klingelt!«, wiederholt Mia eine Spur unwillig.

»Ich gehe ran …« Laura fühlt sich müde und schlapp.

»Richtig«, bestätigt Mia grinsend. »Du gehst ans Telefon und redest ... Eine Minute ... zwei Minuten ... drei ... vier ...«

»Mia!«

»Und dein Fleisch? Was geschieht mit deinem Fleisch?«

Lauras Schultern sacken nach vorn. »Keine Ahnung! Ist das hier ein Kochkurs?«

»Es wird hart!« Mia triumphiert. »Zäh wie Leder. Ungenießbar.«

»Interessant.« Lauras Stimme zittert. »Und was lernen wir daraus?«

Mias Zöpfe fliegen. »Mit den Menschen verhält es sich ähnlich ...«

Laura kratzt sich am Kopf. »Du meinst ... man darf sie nicht zu lange in der Pfanne lassen?« Es ist so weit. So muss das Ende sein: Man sitzt mit einem Traumkind auf einer grün gestrichenen Parkbank und unterhält sich über die Zubereitungsformen für Mütter.

»Du willst mich ganz einfach nicht verstehen, habe ich Recht?« Mia räuspert sich. »Was ich damit sagen wollte, ist: Auch die Menschen werden hart im Laufe ihres Lebens. Zäh wie Leder. Ungenießbar.«

»Alle?« Laura fröstelt.

»Vielleicht ...«, erwidert Mia.

»Ich auch?« Laura friert.

»Mag sein ...«

»Aber ich will nicht!« Die Vorstellung, als harter, ungenießbarer Mensch zu enden, ist für Laura grauenvoll.

»Ich fürchte, es genügt nicht, nicht zu wollen. Man muss etwas dagegen tun!« Mia starrt in das Blättergewirr über ihren Köpfen.

»Und was?« Laura ist den Tränen nahe.

»Man darf ihn nicht vergessen!«, meint Mia.

»Wen?«

Mia sieht ihr ins Gesicht. Das blass ist und voller Angst. »Den Geruch des Baumes. Nichts darf man vergessen, rein gar nichts. An alles muss man sich erinnern, ein Leben lang: an das Rascheln der Zweige, die raue Rinde, das aufgeregte Gezwitscher der Vögel, an die Sonnenstrahlen, die laue Luft, an das Kribbeln im Bauch und die Lust am Leben ...«

»Du meinst ...?«

Mia legt den Kopf schief und ihre Rechte auf Lauras Hand. »Es sind die Kinder, die Menschen davor bewahren können hart zu werden. Nicht wir, die Traumkinder, die tun müssen, was man von ihnen verlangt. Es sind die wahren, die echten, die Menschen-Kinder. Sie dürfen sich nicht vertreiben lassen durch die Jahre, durch die Zeit. Sie müssen sich weigern zu gehen. Fortzugehen aus dem Leben der Großen. Zu verschwinden aus ihren Herzen. Wehren müssen sie sich. Sich widersetzen. Und bleiben, für immer bleiben. Die Großen erinnern müssen sie. Denn die Großen vergessen. Gern. Und schnell. Vergessen die Wünsche von einst. Die Hoffnung. Die Angst. Und die Lust. Die Freude. Den Spaß. Und das Gefühl: klein zu sein.« Mia überlegt. Dann murmelt sie: »Verlass dich nicht, Laura. Bleib bei dir. Ein Leben lang. Und nimm dich bei der Hand. Bleib klein. Und jung. Und Kind. Versprichst du mir das?«

Laura nickt. Sie möchte weinen. Und sich von Mia trösten lassen.

Da lacht Mia und springt auf. »Genug gequasselt. Die Bäume warten. Wie wäre es mit einer kleinen Kletterpartie, Töchterchen?«

Laura lächelt. »Wie du meinst … Mama. Klettern wir!«

So nicht!

»Schau nur … dort!«

Der Blick ist phantastisch, grandios, überwältigend.

Es hat die beiden erhebliche Mühe gekostet nach oben zu kommen, zumal Laura eine ungeübte Kletterin und Mia in luftigen Höhen keine besonders große Hilfe ist. Ständig musste sie innehalten und jubeln, jauchzen und mit den Zöpfen wirbeln. Umso glücklicher sind sie nun, da sie den Aufstieg erfolgreich beendet und ihr Ziel ohne Arm- und Beinbrüche erreicht haben.

Laura hockt rittlings auf einem der dicken Äste und staunt. Von hier aus überblickt man den ganzen Park, die angrenzende Straße und den Kirchhof.

Mia hat Recht. Eine Frau Sommer, die sich erinnert – nicht nur manchmal und nachts –, sich tagtäglich erinnert an früher und diesen Blick, an das Gefühl stark zu sein und mächtig, Königin der Lüfte, Herrin der Welt … – eine solche Frau Sommer kann kein Baum-und-Wipfel-Kletter-Verbot für Laura, ihre Tochter, verhängen. Eine solche Frau lächelt und schweigt. Eine solche Frau schließt ihr Kind in die Arme und fühlt sich ihm nah. Schickt es los. Mit einem Kuss. Zu seinem Baum. Hinauf ins Blau.

Mia hat Recht. Eine Frau Sommer, die sich erinnert – nicht nur manchmal und nachts –, sich erinnert an früher und diesen Schmerz, wenn jemand schreit und zetert mit ihr, an diesen Stich in die Brust, mitten ins Herz – eine solche Frau zögert und findet Worte für ihre Wut. Leise und sanfte Worte, die Laura verstehen und ertragen kann.

Mia hat Recht. Eine Frau Sommer, die sich erinnert an früher und einst, eine solche Frau ist mehr als Mutter – ist Mutter *und* Kind, ist Freundin, ist Schwester – und im Herzen jung.

Mia hat Recht. Mia ist klug, denkt Laura. Und weise. Und Laura fragt sich, warum. Sie schaut ihr in die Augen und sucht nach einer Antwort, die alles erklärt.

Dann beschließt sie Mia nach ihrem Geheimnis zu fragen. Nach des Rätsels Lösung. Nach ihrem Wissen, ihren Gedanken, ihrem Zuhause.

»Woher weißt du das alles?«, murmelt Laura. »Warum bist du klüger als ich?«

Mia schweigt, starrt in die Wolken und grinst verlegen. »Weil ich rede. Und frage. Und denke. Immer dann, wenn ich nicht weinen und schluchzen, klettern und tanzen muss in den Träumen der Menschen. Wenn die Sonne scheint und keiner träumt, wenn alle nur durch den Tag rennen, dann sitzen wir und plaudern, wir Traumkinder, Traum-Omas, Traum-Opas, Traum-Mamas und -Papas. Sitzen und plaudern und wundern uns. Über euch Menschen. Und über die Welt.«

»Ihr redet über uns?«, fragt Laura verblüfft. »Und warum ändert ihr nichts, wenn ihr doch alles versteht?«

Mia beginnt, Nägel zu kauen. »Weil es Gesetze gibt. Und Regeln. Auch für Wesen wie uns. Weil wir zwar reden und denken, verstehen und erkennen dürfen, aber nicht eigenmächtig handeln. Weil wir Schauspieler sind. In den Geschichten der Nacht. Nicht mehr. Zum Schweigen verdammt, wenn du verstehst, was ich meine …«

Laura versteht. Sie kennt das Gefühl hilflos danebenzustehen. Wie mit gebundenen Händen. Nichts ändern zu können an Mamas Wut, die aus dem Nichts kommt. Und an Papas Schweigen, das ihn blass und klein und fremd werden lässt.

»Du bist geflohen … davongelaufen. Wird man dich nicht bestrafen?«

Mia knabbert und beißt. »Es ist noch nie jemand geflohen aus seinem Traum. Niemals zuvor.« Nachdenklich betrachtet sie Daumen und Zeigefinger. »Obwohl manch einer gerne abgehauen wäre, das kannst du mir glauben. Wir sind es leid, wir Traum-Menschen. Streit-, Wut- und Alpträume machen uns Angst, machen uns traurig und schwach. Wir wollen lachen mit euch. Wollen singen mit euch. Wollen tanzen mit euch. In die Nacht. In den Morgen. In den Tag. Wir wollen uns auf ein Wiedersehen mit euch freuen und uns nicht davor fürchten.« Mia hält ihre Hand in das Sonnenlicht. »Ich glaube nicht, dass sie mich bestrafen werden. Anrüffeln werden sie mich. Und mich für meinen Mut bewundern.« Sie blinzelt geblendet. Helle Sterne funkeln in ihren Augen. »Ich hasse Gesetze und Regeln, die dumm sind und Glück verhindern. Gesetze und Regeln, die Glück verhindern, muss man ändern – oder brechen. Gesetze wie diese …«

»Mia!«, quietscht Laura. »Mia, hast du gesehen?!«

»Was?« Mia vergisst, was sie noch hatte sagen wollen über Gesetze und Regeln, das Glück und ihre Traurigkeit, wischt alle Gedanken beiseite und starrt auf die Straße.

»Die Dicke dort mit ihrem Kind ...« Laura klingt entrüstet. »Sie hat es geschlagen!«

»Geschlagen?«, faucht Mia. »Wo?«

Eine rundliche Frau im rot gepunkteten Sommerkleid hat sich auf dem schmalen Gehweg wie ein japanischer Ringer aufgebaut, die Hände in den Hüften, den Kopf zum Angriff gesenkt. Vor ihr steht ein kleines Mädchen – und weint.

Auch Laura möchte weinen. Das kleine Mädchen auf dem Gehweg bringt ihr Tränenfass beinahe zum Überlaufen. Es könnte Laura heißen, das fremde Kind. Oder Mia. Vielleicht auch Petra, Sabine oder Monika. Es ist traurig wie tausend andere Mädchen, verletzt und wütend. Vor allen Dingen aber ist es hilflos. Und ausgeliefert, ohnmächtig und schwach.

»Warum?«, flüstert Mia heiser. »Warum hat sie es geschlagen?«

»Keine Ahnung ...«, antwortet Laura. »Ich glaube, weil es zu lange stehen blieb ...«

»Das ist doch kein Grund!« Mia flüstert noch

immer, obwohl niemand sie hören kann in ihrem Versteck. »Das ist – verdammt noch mal – kein Grund!« Mia hat genug, genug von brüllenden Müttern und schweigenden Kindern, genug von Ärger, Wut und Hass. Genug von der Dummheit der Menschen.

Mia holt tief Luft, bis ihr Brustkorb zu platzen scheint und ihre Stirn rot wird. Und dann schreit Mia, völlig unvermittelt und ohne Laura darauf vorzubereiten. Mia *muss* schreien, nicht nur für sich und das kleine Mädchen. Mia schreit stellvertretend, stellvertretend für alle kleinen Mädchen und Jungen, stellvertretend für Menschen- und Traumkinder, für alle, die nicht schreien dürfen, weil man es ihnen verbietet – mit Gesetzen und erhobener Hand.

Mia schreit: »NEIN!«, ein langes, markerschütterndes »N…E…I…N!« Und als Laura sie voll Entsetzen ansieht, bemerkt sie, dass Mia weint.

Lauras Herz rast. Nicht aus Angst. Laura hat keine Angst mehr, nicht vor dem Sturz in die Tiefe, nicht vor der aufgebrachten Ringermutter im rot gepunkteten Sommerkleid, nicht vor dem Gerede entgeisterter Passanten, die in die Höhe starren und den Himmel nach nein-schreienden Außerirdischen absuchen. Lauras Herz rast bis zum Hals und sie hat das Gefühl zu wachsen. Ihre Haut brennt und ihre Haare fliegen im Wind. Ihr Blick klebt an Mias Lippen und ihren Augen, aus denen unaufhörlich dicke Tränen tropfen.

Was Laura fühlt, ist weder Angst noch Ärger, was Laura fühlt, ist Freude. Eine eigenartige Freude, eine, die aus dem Bauch kommt. Eine neue, wunderschöne.

Die Frau im rot gepunkteten Sommerkleid lässt ihre Arme sinken. Er ist ein Wunder. Für diese Frau ist Mias Schrei ein unerklärliches Wunder. Als hätte sich jemand zu Wort gemeldet, jemand von oben, hoch oben … Als hätte sich jemand eingemischt in ihr Leben, jemand, der das Recht dazu hat.

Sie nimmt ihre Tochter an der Hand und geht, die Frau im rot gepunkteten Sommerkleid. Sie zieht den Kopf ein und schleicht sich davon. Wie ein Kind, das man beim Stehlen erwischt hat oder beim Lügen. Dabei,wie es seinen kleinen Bruder in die Wange zwickt. Oder die Schwester vom Töpfchen schubst.

Ein paar Meter weiter bleibt sie stehen, beugt sich zu ihrer Tochter hinab und drückt sie an sich.

Ihre Rechte streicht über den Kopf des Mädchens. Ein wenig unbeholfen und zögernd, als habe sie Angst zurückgewiesen zu werden, bestraft für ihre Tat.

Aber das Mädchen schmiegt sich in die Arme seiner Mutter, in ihre Hände, an ihre Brust.

Und Laura lacht. Erleichtert und froh.

Wenn Biggi liest …

»Gut gebrüllt, Mia!«

Es ist alles vorbei. Die Ringermutter ist um hundert Ecken verschwunden. Die Menschenmenge hat sich aufgelöst und Mia hat ihre Fassung wiedergewonnen.

Laura lächelt bewundernd und Mia betrachtet angestrengt ihre Zöpfe. »Ich glaube, nun kenne ich das Geheimnis!«

»Welches Geheimnis?«, erkundigt sich Laura.

»Warum sie schreien, die Menschen. Nicht alle, aber die meisten …«

»So?« Laura weiß nicht, ob es sie interessiert. Sie weiß nicht, ob sie sich Gedanken machen möchte über andere, die ihr wehtun. Ob sie bereit ist Entschuldigungen zu hören für etwas, das man nicht entschuldigen sollte.

Mia reckt sich den Sonnenstrahlen entgegen und tankt Wärme. »Einmal muss alles raus: Wut, Trauer, Empörung … Als Kinder mussten sie schweigen, die Großen, wie wir. Ich denke, sie rächen sich …«

»An uns?« Laura ist entsetzt.

»Leider«, nickt Mia. »Sie rächen sich dort, wo sie nichts zu befürchten haben. Wo sie sich stark fühlen können. Und mächtig.«

»Nein!« Laura schüttelt sich.

»Nein?«

»Ganz recht: nein!« Eben noch hatte Laura sich so wohl gefühlt, so glücklich – und nun? »Ich will nichts davon wissen. Soll ich die Großen vielleicht noch trösten? Umarmen und in den Schlaf singen? Als Kinder sind *sie* verletzt worden – heute verletzen sie uns – und morgen?«

»Morgen?«, sagt Mia und saugt die Sonnenstrahlen in sich auf. »Morgen tun *wir* es. Morgen verletzen *wir. Unsere* Kinder. Und übermorgen sie ihre. Und überübermorgen …«

»So ein Schwachsinn!« Laura wird laut.

»Du sagst es!« Mia räkelt sich in der Sonne und grunzt behaglich. Laura versteht nicht, wie man in einem solchen Moment grunzen kann – behaglich obendrein.

»Schau mal runter.« Mia hat die Augen geschlossen und lässt Arme und Beine baumeln.

Laura schielt durch die Zweige.

»Was siehst du?«, brummt Mia.

»Was ich sehe?« Laura seufzt. Mia und ihre Gedankensprünge sind ein Kapitel für sich. »Eine Frau mit einem Kind.«

»Und was tut das Kind?« Träge kratzt sich Mia am Knie.

»Es spielt.« Laura ärgert sich. Soll Mia ihre Augen doch gefälligst öffnen und selbst Detektiv spielen statt sie zum Spionieren zu zwingen. »Es baut Sandburgen, nein, jetzt steht es auf und geht zur Bank seiner Mutter ...«

»Hat sie blonde Haare?« Die Blätter flüstern im Wind.

»Ja«, erwidert Laura. »Warum?«

»Trägt sie eine Brille? Sind ihre Finger lang und schmal? Liest sie in einem Buch? Und ihre Füße, sind sie auffallend groß? Ihre Schuhe flach? Ihre Beine dünn?« Mias Fragen kommen wie aus der Pistole geschossen.

»Ja, ja, woher weißt du das alles?« Laura ist verwirrt. Mia scheint nicht nur ein Traumkind, sondern auch eine Hellseherin zu sein.

»Ich kenne sie.« Mia lächelt.

»Du?« Laura glaubt, sich verhört zu haben.

»Das verstehe ich nicht. Sie ist doch bedeutend älter als du. Sie ist ungefähr so alt wie …«

»Wie deine Mama, nicht wahr? Und trotzdem kenne ich sie. Oder vielmehr: gerade deswegen. Sie heißt Biggi. Manchmal begegnet sie mir in den Träumen deiner Mutter. Als erwachsene Frau und auch als Kind. Sie war die beste Freundin der kleinen Frau Sommer, damals, vor fünfundzwanzig Jahren. Die beiden waren unzertrennlich. Ich glaube, es verging kein Tag, an dem sie nicht gemeinsam getratscht und gelacht hätten. Manchmal taten sie wohl nichts anderes als tratschen und lachen.«

Mia grinst. Und Laura glaubt, sich an jene Frau auf der Bank zu erinnern, sie hin und wieder gesehen zu haben. Im Vorübergehen beim Bummel durch die Stadt. Frau Sommer hat jedoch nie mit Laura über Biggi gesprochen. Dessen ist sich Laura sicher. Es scheint, als habe Frau Sommer über viele wichtige Dinge geschwiegen.

»Das heißt«, fährt Mia fort, »Biggi hat nicht gelacht. Biggi hat gegackert. Wie ein Huhn. Hat sich aufgeplustert und mit den Füßen gescharrt. Schau dir ihre Beine an, sind es nicht ideale Hühnerbeine?«

Laura muss Mia Recht geben, obwohl ihr Biggi Leid tut. Nicht wegen der Beine, sondern weil sie sich denken kann, wie es ist, mit Beinen wie diesen gehänselt und geneckt zu werden.

»Wenn Biggi nicht gegackert hat, dann hat sie gelesen, so wie jetzt. Biggi war und ist nicht nur ein Huhn, Biggi ist auch eine Ratte. Eine Leseratte. Und eine Naschkatze, die für ein paar Bonbons ihr letztes Hemd gegeben hätte. Karamellbonbons, schön cremig und weich. Die schob sie sich in die Backen. Zentnerweise. Manchmal tat Biggi alles zur selben Zeit: lesen, gackern und lutschen. Das war ein Bild für die Götter, eines zum Krumm-und-kringelig-Lachen, eines zum Auf-die-Schenkel-Klopfen und In-die-Kissen-Schlagen. Zu Hause musste Biggi heimlich lesen. Nachts oder während der Schulaufgaben. Ein gefährliches Spiel, denn: Wie erklärt man einer Mutter, dass Rechenaufgaben Lachstürme auslösen können? Schmatz-Kicher-Gacker-Böen?« Mia hat die Augen geöffnet und betrachtet Laura nachdenklich. »Biggis Mutter war eine verbissene Bücherfeindin. Ihrer Meinung nach sollte Biggi nützliche Dinge tun. Und unter nützlich verstand sie alles, nur eines nicht: lesen. Wenn sie Biggi beim Bonbonlutschen und Geschichtenlesen ertappte …« Mia zögert.

Laura fällt ihr ins Wort: »… hat sie Biggi geschlagen?!«

»Nein, das nicht.« Wieder einmal fliegen Mias Zöpfe, wie schon so oft an diesem Morgen. »Sie hat Biggi nie geschlagen. Nicht einmal geschimpft hat sie mit ihr in solchen Momenten. Sie blieb stumm, stumm wie ein Fisch. Klappte das Buch zu und legte es beiseite.«

»Hat Biggi das meiner Mama erzählt?«, möchte Laura wissen.

»Ja. Selbst in ihren Träumen. Wieder und wieder erzählt. Bis beide traurig und wütend waren. Doch Biggi wusste sich zu helfen. Sobald ihre Mutter das Zimmer verlassen hatte, griff sie blitzschnell nach dem Buch. Kennst du die Tiere, die mit ihrer Zunge Insekten fangen? Bewegungslos ausharren, die Beute in Sicherheit wiegen und dann – urplötzlich – zuschlagen? Auch so ein Tier war Biggi, und flink war sie, nur erfolgreich, erfolgreich blieb sie nie lange. Ihre Mutter schien es zu spüren, wenn Biggi las. Ich weiß nicht, woran es lag. Was glaubst du, Laura? Meinst du, Buchstaben stinken für jemanden, der sie hasst?

Oder flitzen durchs Haus wie winzige Käfer, die jede Gelegenheit nutzen, um in Schwärmen loszuziehen, Lesemuffel zu nerven? Verändern sie ein Zimmer, die Möbel und ihre Farben? Lassen sie graue Sessel blau werden? Und braune Gardinen gelb? Ich weiß nicht, wodurch Biggis Mutter es bemerkte, auf alle Fälle stand sie nach spätestens einer Minute wieder neben ihrer Tochter, klappte das Buch erneut zu, legte es abermals beiseite und ging. So trieben es die beiden, bis Biggi einsah, dass es sinnlos war sich aufzulehnen, anzukämpfen gegen eine, die sich vor Wörtern graust. Was glaubst du, hätte Biggi in dieser Situation wohl gerne getan? Was würdest *du* in einer solchen Situation gerne tun, Laura?«

Lauras Miene ist finster. Sie beobachtet Biggi, die in ihr Buch versunken ist, abgetaucht wie in einen unergründlichen Teich, sich verfangen hat in seinen Pflanzen und moosgrünes Wasser atmet.

Biggis Kind beginnt, Sand auf ihre Knie zu streuen.

Erfolglos. Biggi liest.

Das Kind quengelt. Lässt sich auf den Boden fallen. Schreit.

Vergeblich. Biggi liest.

Da steht der Kleine auf und wankt zur Bank. Patscht mit beiden Händen auf die Seiten des Buches. Biggi sieht nicht einmal hoch. Sie wischt seine Finger beiseite und liest weiter.

Biggis Sohn mag nicht beiseite gewischt werden. Entschlossen klappt er das Buch zu, tut, was Biggis Mutter stets getan hat, wenn sie ihre Tochter beim Lesen erwischte.

Und Biggi? Biggi springt auf. Sie ist rot vor Wut. Zornig wie noch nie. Doch, zornig wie damals. Sie packt den kleinen Kerl am Kragen und schüttelt ihn. Obwohl er brüllt. Obwohl er sich wehrt. Und nichts versteht von dem, was geschieht.

»Siehst du?«, sagt Mia. »*Das* hätte Biggi gerne getan, damals, vor fünfundzwanzig Jahren.«

Es ist kalt geworden in ihrem Baum. Die Blätter flüstern nicht mehr. Nur die Zweige knacken leise. Die Sonne hat sich eine dicke Wolke vors Gesicht gezogen und reibt ihre Augen trocken.

Laura zittert. Sie möchte schreien. Wie Mia vorhin. Ein »NEIN!«. Aber ihre Stimme ist eingefroren und steckt wie ein Zapfen im Hals.

Es ist kalt geworden in ihrem Baum. Laura hat eine Gänsehaut und weiße Fingerspitzen, die nichts mehr fühlen, nichts mehr greifen, nichts mehr fassen können. Laura zieht ihre Schultern bis zu den Ohren und schiebt die Hände tief in die Hosentaschen. Dort ist es warm und Lauras Finger kribbeln sanft.

Mia schweigt. Sieht Laura an. Und wartet.

Da hört es Laura knistern. Ganz leise. Ganz zart. Da hört sie es rascheln. Im Verborgenen. Und ihre Hände graben.

Mia schweigt. Sieht Laura an. Und wartet. Während Biggi tobt und der Kleine brüllt.

Plötzlich strahlt Laura und lässt ihre Schultern sinken. Sie zerrt ihre Fäuste hervor und lacht. Leise, dass keiner sie hört. »Schau, was ich gefunden habe …«, flüstert sie und zeigt Mia ihren süßen Schatz. »Der letzte Rest …« Sie kichert. »Schön cremig und weich, wie Biggi sie mag …«

Laura schnalzt mit der Zunge. Fast schmecken ihre Lippen nach Karamell. »Meinst du, ich soll …? Glaubst du, sie wird …? Denkst du, es hilft?«

Lauras Lächeln erlischt. Mia sagt kein Wort. Da seufzt Laura, beugt sich nach vorn – und wirft. Durch Äste, Zweige, Blätter. Auf Biggi hinab. Und ihren Sohn. Lässt Bonbons niederprasseln wie einen plötzlichen Regenschauer.

Biggi erstarrt. Das Kind verstummt. Und beide staunen. Über Süßes, das vom Himmel fällt. Mitten in ihre Wut. Zwischen Angst und Zorn.

Der Kleine schnieft. Vergisst, was war. Er hebt den Kopf, streckt seine Hände empor und grinst. Schief, verschwommen, verweint. »Mama … da!«

Biggi sieht nach oben, wo zwischen Blättern Schuhe baumeln und ein Gesicht durch dürre Zweige grinst.

»Danke!«, ruft Biggi. Sie bückt sich und wickelt Bonbons aus buntem Papier. Die schiebt sie dem Kleinen und sich in die Backen. Gemeinsam genießen und lutschen sie.

Da holt die Sonne tief Luft, pustet die Wolke beiseite und strahlt. Wie Laura und Mia oben im Baum.

Von trickreichen Papas

Die Kirchturmuhr schlägt zwölf.

Laura winkt Biggi zu, die, mit ihrem Sohn an der Hand, mümmelnd den Stadtpark verlässt, sich ein letztes Mal umdreht und zum Abschied grüßend ihren linken Arm schwenkt.

»Wir müssen gehen.« Laura ist traurig. Die Lust am Sitzen und Schauen hat sie verloren. Genug gesehen, genug geredet, genug gegessen, genug gelacht und geweint. »Mama wartet nicht gerne.«

Sie macht sich an den Abstieg, plumpst auf den Boden, greift nach der Tüte mit Brot und Milch und tigert los.

»Hey, hey …« Mia hat Mühe, mit Laura Schritt zu halten. Sie stürmt ihr schnaufend hinterher. »Was ist los, Töchterchen? Habe ich etwas Falsches getan? Oder gesagt?«

»Nein.« Laura klingt mürrisch und abweisend. Sie sagt »Nein«, obwohl ihr ein »Ja« auf der Zunge liegt, am Gaumen klebt und an den Zähnen kratzt. Mia hat zwar nichts Falsches getan und auch nichts Falsches gesagt, aber zu viel, zu viel für ein Menschenkind, zu viel für Laura und ihren ersten Ferientag.

»Mama wird wütend, wenn sie mit dem Essen warten muss.«

»Soso, Mama wird wütend.« Mia weicht einem kleinen braunen Hund aus, der seine Schnauze in die Luft gereckt hat und schnuppert. Als sie an ihm vorüberzischt, beginnt er zu kläffen. Hunde haben eine feine Nase und ein Gespür für Träume.

»Es ist gefährlich, wenn Mamas wütend werden, nicht wahr?«, keucht Mia. »Natürlich ist es auch gefährlich, wenn Papas wütend werden. Nur ...«

Der kleine braune Hund kläfft noch immer. Mia dreht sich um und zeigt ihm eine lange Nase. Da legt er den Kopf schief und winselt. »Nur ... sie sind so selten da, die Papas, habe ich Recht?« Mia hüpft wie ein Ball neben Laura auf und nieder.

Mias Hüpfen macht Laura nervös und kribbelig. Das Hüpfen übermütiger Traumkinder neben verwirrten Menschenmädchen sollte verboten werden, denkt Laura.

Mia lässt sich durch Lauras spürbare Ungeduld

nicht aus dem Konzept bringen: »Und selbst wenn Papas da sind, sind sie doch fort. Sitzen auf ihren Stühlen wie meditierende Mönche und kippen Essen und Trinken wortlos in sich hinein. Man sollte an Papas klopfen. Hast du schon einmal an deinem Papa geklopft?«

Laura bleibt stehen. Auf eine Idee wie diese ist sie noch nicht gekommen. »Warum? Warum sollte ich an meinem Papa klopfen?«

Mia macht dem winselnden Hund unverständliche Zeichen. »Weil er hohl ist! Ich wette mit dir, dass auch dein Papa hohl ist. Nach jahrzehntelanger Tüftelei haben sie einen Trick gefunden, alle Papas dieser Welt. Einen Trick, der es ihnen ermöglicht, da und gleichzeitig fort zu sein.«

»Und wie funktioniert dieser ... Trick?« Laura beschließt, ruhig zu bleiben. Ruhig und entspannt. So entspannt wie möglich.

Mia senkt mit geheimnisvollem Lächeln ihre Stimme. »Papas sind ganz besondere Männer. Papas besitzen etwas, das außer ihnen niemand besitzt.«

»Und was, wenn ich fragen darf?« Laura stellt Brot und Milch auf den Boden. Ohne Brot und Milch lässt sich bedeutend besser zuhören.

»Einen Reißverschluss!«, raunt Mia hinter vorgehaltener Hand.

»Ah, ich verstehe!« Laura zeigt Mia einen Vogel. Vielleicht wäre es klüger gewesen diesen ersten Ferientag zu verschlafen.

»So? Das glaube ich kaum. Ich selbst bin noch auf der Suche. Gefunden habe ich ihn bisher nicht, aber es gibt ihn, davon bin ich überzeugt. Es gibt diesen Reißverschluss. Nur – die Chance, einem nackten Papa zu begegnen, der sich von einem Traumkind untersuchen lässt, ist äußerst gering. Ich zumindest hatte noch nie das Vergnügen. Vielleicht ist er am Rücken, der Reißverschluss, oder auf dem Kopf, unter den Haaren versteckt. Man müsste sie kahl scheren.«

»Wen?«, haucht Laura.

»Na, die Papas. Wo immer er auch sitzen mag, dieser Reißverschluss, pünktlich bei Arbeitsende wird er – ratsch – aufgemacht. Dann schlüpfen sie heraus aus ihrer Haut, streifen sie ab, pumpen sie voll Luft wie einen Ballon und schicken sie auf den Heimweg.«

»Ihre Haut?« Laura mustert Mia misstrauisch.

»Ihre Hülle. Sie selbst bleiben dort, wo es ihnen meist besser gefällt als bei Frau und Kind. Sie legen die Füße hoch, lassen die Seele baumeln und die Gedanken schweifen. So sind sie nun einmal, die Papas. Tun alles, um sich das Geblöke und Gezeter ihrer Familien zu ersparen. Deswegen werden sie daheim auch nie so wütend wie Mamas. Weil sie mehr haben als dieses Zuhause. Weil sie zwei haben von der Sorte. Und weil sie im Grunde da und doch fort sind.« Mia hüpft noch immer.

»Ich glaube dir nicht.« Ein hohler Papa bereitet Laura Unbehagen. »Mein Papa ist ganz in Ordnung.« Sie starrt über Mias linke Schulter ins Leere. »Er spricht vielleicht nicht viel, aber dafür ist er nicht nur stiller, sondern auch leiser als meine Mama. Einen Reißverschluss hätte ich bemerkt …«

Der kleine braune Hund hat sich in Bewegung gesetzt. Die Schnauze am Boden, hechelt er auf die beiden Mädchen zu.

»Na dann!« Mia greift nach Lauras Hand und zieht sie mit sich. »Gehen wir! Deine Mama wartet nicht gerne, oder?«

Niemand beachtet ein vorwärts stolperndes Mädchen, das leise brabbelnd seine Einkaufstüte schwingt und von einem aufgeregt mit dem Schwanz wedelnden Hund verfolgt wird.

Wenige hundert Meter vor der Unterführung bleiben Laura und Mia wieder stehen.

»Du schwindelst, nicht wahr?«, japst Laura. Laura hat Seitenstechen. Sie versteht immer weniger von dem, was Mia ihr an Lebensweisheit auf die Nase bindet. In ihrem Kopf schwirren nackte Ballon-Papas mit verrutschten Frisuren neben Kochlöffel schwingenden Mamas, steigen aus heißen Töpfen Dampfschwaden und jaulende Straßenköter.

Mias Augen funkeln. »Traumkinder schwindeln nicht. Traumkinder denken. Und wundern sich. Traumkinder …«

»Laura, wird es nicht Zeit für dich nach Hause zu gehen?« Es ist die Stimme von Herrn Müller, ihrem Nachbarn, die Laura erschrocken zusammenzucken und sich blitzschnell umdrehen lässt.

Herr Müller ist schon immer ein freundlicher Mann gewesen, mit Brille und Bart, breiten Schultern und einem kleinen Kugelbauch, der Laura heute noch kugeliger als sonst vorkommt. Für einen kurzen Augenblick ruht seine Hand auf Lauras Schulter, dann wendet er sich ab und geht.

Laura traut ihren Augen nicht: Herr Müller schwebt.

Glückliche Tunnelträume

Sie kann einem Leid tun, die kleine Laura, wie sie da steht und staunend schaut. Denkt. Sich wundert. Traumkind-gleich.

Ich werde dich nicht fragen, was du denken würdest an Lauras Stelle. Ob du dich wundern würdest. Oder fürchten. Nein, keine Angst, ich frage nicht. Obgleich mich deine Antwort brennend interessiert.

Laura denkt viel. Und nichts. Die Worte fahren Achterbahn in ihrem Kopf. Steigen mühsam auf. Stürzen pfeilschnell ab. Dann läuft sie los, Herrn Müller hinterher. Lässt Mia stehen. Und rennt. Und ruft.

Herr Müller stutzt und dreht sich um. Er lächelt gespannt, kratzt sich im Bart und wartet.

Laura bremst ab und kommt knapp vor Herrn Müllers Füßen zum Stehen. Verlegen beißt sie sich auf die Lippen. »Ich …«

»Ja?« Herr Müller ist, wie gesagt, schon immer

ein freundlicher Mann gewesen. Einer, der Zeit hat und Geduld. Einer, der Kinder mag. Und Laura allemal. »Ja, Laura?«

Laura schluckt. Dann fasst sie sich ein Herz und fragt. Leise. Schnell. Die Worte sprudeln nur so aus ihr heraus: »Ich wollte fragen ... ob Sie sich freuen ... auf Ihr Zuhause. Auf daheim. Auf Ihre Frau. Und Ihre Kinder. Ich wollte fragen, ob Sie schweben können ... und ob Sie ihn haben ... irgendwo?«

»Wen?«, fragt Herr Müller. Und sein Lächeln wird eine Spur verkrampft.

Laura schielt auf Herrn Müllers Haaransatz. »Den Reißverschluss in Ihrer Haut ... Aus dem Sie schlüpfen ... jeden Tag.«

Da ist es weg, Herrn Müllers Lächeln. Davongeflogen. Fortgerannt. Vielleicht auch abgerutscht und hingefallen. Herr Müller wird blass. Seine Augen werden klein. Die Haare stehen stramm. Auch seine Barthaare.

»Na hör mal!«, sagt er und holt zischend Luft. Und dann flieht er. Ob er geht oder schwebt, kann Laura nicht ausmachen. Er schüttelt den Kopf und schimpft. »Unverschämtheit!«, hört Laura ihn bellen. »Freches Gör!« Dünner scheint er zu werden, mit jedem Schritt. Als er bei der Unterführung ankommt, ist er bereits hager und schmal. Oder täuscht sich Laura? Wer weiß? An diesem Tag ist alles möglich, denkt sie. Auch das.

Auf der ersten Tunneltreppenstufe sitzt Cora und weint. Cora ist fünf und wohnt in Lauras Straße. Herr Müller eilt hastig an ihr vorbei. Als habe er Angst vor weiteren Fragen. Er hüpft die Stufen hinab, wird vom Dunkel verschluckt. Und nimmt es mit, sein Reißverschluss-Geheimnis.

Laura ist wütend. Alles umsonst! Den ganzen Mut hat sie umsonst genommen. Die ganze Furcht vergeblich abgelegt. Sie seufzt und folgt ihm zögernd. Bei Cora hält sie an.

»Was ist denn?«, fragt Laura sanft.

»Ich muss da durch!«, schluchzt Cora.

»Und deshalb sitzt du hier und weinst?«

»Ich mag sie nicht …«, jault Cora.

»Wen?« Laura wird ruhig, vergisst Herrn Müller und horcht.

»Die Unterführung … Ich mag sie nicht … Sie ist dunkel … und kalt …«, flüstert Cora. »Unheimlich … und lang …«

»Eine Unterführung, die nicht dunkel und kalt, unheimlich und lang ist, kann nie und nimmer eine richtige Unterführung sein«, meint Laura und grinst über diesen Satz, der ihr ganz leicht von den Lippen rutscht.

»Ich habe Angst …«, gesteht Cora kleinlaut.

»Angst? Wovor?« Laura staunt. »Unterführungen beißen doch nicht.«

»Doch …«, widerspricht Cora. »Unterführungen beißen … und fressen Kinder – nachts, in meinen Träumen …«

Coras Fall scheint recht verzwickt zu sein. Laura setzt sich neben sie auf den warmen Boden. »Du träumst von gefräßigen Unterführungen, die kleine Mädchen anfallen?«

Cora nickt und senkt den Kopf.

»Schade«, sagt Laura.

Für einen Moment vergisst Cora zu weinen. Sie hebt den Blick und sieht Laura verwundert in die Augen. Alles an Cora wackelt. Selbst ihre Wimpern beben.

»Schade«, wiederholt Laura. »Es gibt so herrlich lustige Träume von netten Unterführungen, die mit Kindern reden statt sie zu verspeisen.«

Da schüttelt Cora den Kopf. »Lustige Träume von netten Unterführungen – nein, das glaube ich nicht.«

»Das glaubst du nicht?« Laura schlägt sich mit beiden Händen missbilligend auf die Schenkel. »Aber das *musst* du glauben! Ich kenne sie, diese Träume.« Das ist zwar geflunkert, doch dafür fließen über Coras Backen keine Tränen mehr.

»Ist das wahr?«

»Na klar!« Laura nickt stürmisch. »Mindestens zweimal im Monat träume ich von liebenswürdigen Unterführungen, die Kinder mögen – ach was: anbeten, vergöttern!« Ob sie da nicht etwas zu dick aufgetragen hat? Doch Cora glaubt ihre Lügen. Schließlich ist Laura fast doppelt so alt wie sie, reich an Erfahrung und natürlich auch an Träumen.

»Und wo gibt es sie, diese Träume?« Cora lauscht begierig.

»Wo es sie gibt?« Laura steht auf und malt riesige Kreise in die Luft. »Überall, sie warten nur darauf, herbeigeholt und geträumt zu werden. Jede Nacht. Jede Nacht hoffen sie auf einen Träumer, der sie sich wünscht.«

»Wünscht?« Coras Wimpern haben aufgehört zu beben. »Kann man sich Träume denn wünschen? Schöne Träume? Von netten Unterführungen, die nicht beißen?«

»Na klar!« Insgeheim staunt Laura über sich selbst. Und über ihre Worte, an die sie selbst glaubt. »Du musst sie nur wollen. Du musst diese Träume träumen *wollen*.« Laura streckt ihre Hand aus: »Komm!«

»Wohin?«, fragt Cora und verknotet die Arme.

»Lass uns laufen!« Laura ist voller Ungeduld und Freude. »Laufen will ich mit dir. Und schreien!«

»Schreien?«, ruft Cora entsetzt. »Aber sie werden schimpfen!«

»Wer?«, knurrt Laura.

»Die Erwachsenen!«, haucht Cora.

»Warum sollten sie?« Laura will Coras Einwand nicht gelten lassen.

»Weil man nicht schreit …«, seufzt Cora. »Einfach so … ohne Grund …«

Da lacht Laura. »Ohne Grund? Wer schreit hier ohne Grund? Wir haben einen Grund, Cora, viele Gründe haben wir …«

»So?« Cora fallen keine ein.

»Wir sind Kinder. Es ist Sommer. Die Sonne strahlt, und im Übrigen sehnen sie sich nach unserem Schrei.« Laura greift nach Coras Arm und zieht sie in die Höhe.

»Wer, die Erwachsenen?«

Laura gluckst. »Nein. Die vielleicht nicht, aber die Unterführungen, die wollen, dass man in ihnen schreit. Nichts wollen sie mehr als das.«

Laura steigt langsam die abgetretenen Stufen hinab, Cora im Schlepptau, die nicht weiß, ob sie das überhaupt will: laufen und schreien.

»Hab keine Angst«, sagt Laura. »Ich bin doch bei dir. Und eines verspreche ich dir: Du wirst nicht mehr aufhören wollen damit!«

Cora hat Bedenken. Und weiche Knie.

»Am besten, du rennst, Cora.« Laura ist Fachfrau, nicht nur was rote Telefone und knallende Türen betrifft. Langsam ist Laura Fachfrau in allerhand Dingen, die wichtig sind für kleine Mädchen. »Im Rennen kommt der Schrei wie von selbst.«

Cora hat Angst. Angst, die Laura spürt. Angst, die sie ihr nehmen will. Um jeden Preis. »Sollen wir gemeinsam laufen, Cora? Hand in Hand?« Weich ist sie geworden, Lauras Stimme, dunkel und sanft.

Cora nickt.

»Also dann!«, flüstert Laura. »Eins … zwei … drei!«

Cora wird nach vorn gerissen. Ob sie will oder nicht, sie muss anfangen zu laufen. Und Cora läuft. Erst langsam, dann schnell und schneller.

Cora beginnt zu lächeln.

Cora lacht.

Sie lachen beide, Hand in Hand.

Als sie die Mitte der Unterführung erreicht haben, sieht Cora zur Seite in Lauras Augen. Dann öffnet sie den Mund. UND SCHREIT! Sie schreien zu zweit, so laut sie können, dass jeder sie hört.

Am Ende des Tunnels stehen Olaf und Sven, die beiden Zoller-Buben, vor denen Laura sich sonst immer fürchtet. Sie grinsen frech und breit und unverschämt. Sie haben die Fäuste in die Taschen und die Mützen ins Genick geschoben. »Was war denn das?«, wollen sie wissen und versperren Laura und Cora den Weg.

»Ein Schrei«, sagt Laura.

»Ach nee«, meint Olaf und prustet verächtlich.

»Ihr hattet wohl Angst so ganz allein im Dunkeln?«, fragt Sven.

Cora ist außer Puste. Sie schnauft und keucht. Sie schüttelt den Kopf und lacht. »Angst? Wir?«

Die beiden Mädchen sehen sich an. Laura

drückt Coras Hand, so fest sie kann. Dann leckt sie die Lippen und grinst. Frech und breit und unverschämt. Frecher noch als Olaf, breiter als Sven und unverschämter als beide Buben zusammen. »Wir haben keine Angst. Nicht vor dunklen Unterführungen. Und schon gar nicht vor Kerlen wie euch.«

Olaf guckt dumm. Dann boxt er Sven in die Rippen und höhnt: »Junge, Junge, mutige Weiber, was?«

»Das kann man wohl sagen!«, grölt Sven.

Und Laura ruft: »Wir sind nicht nur mutig, sondern auch schnell. Schneller als ihr – wetten?«

Und ehe die beiden »Ho« sagen können, hat Laura Cora mit sich gerissen, zurück ins Dunkel, das modrig muffelt und wartet, auf Kinder wie sie. Erst schreit Cora, dann schreit Laura. Und schließlich Olaf und Sven, die den Mädchen hinterherjagen. Die Wände wackeln. Die Erde bebt.

Mia lehnt am anderen Ende der Unterführung am Geländer, zupft an ihren Zöpfen und schmunzelt.

Laura und Cora sind die Ersten. Sie kreischen und johlen und fallen einander in die Arme. Sie hüpfen und springen und freuen sich.

Olaf sinkt erschöpft auf die Treppenstufen. »Alle Achtung, ihr zwei! Gar nicht so übel!«

»Glückssache!«, stöhnt Sven und klammert sich ans Geländer. Fast hätte er Mia berührt, die weiter an ihren Zöpfen zupft.

»Glückssache?« Laura tut so, als sei sie empört. Sie stemmt sich die Hände in die Hüften und runzelt die Stirn. Wäre da nicht dieses verschmitzte Funkeln in ihren Augen gewesen, man hätte sich fürchten können vor ihr. »Auf zur nächsten Runde!«, johlt Laura und rast los. Gefolgt von Cora. Und Olaf. Und Sven.

Sie jagt durch den Tunnel, dem Licht entgegen. Und wieder zurück. Hin und her. Her und hin. Bis ihre Beine müde werden und sie sich setzt, neben Mia, die geduldig wartet auf sie.

»Zufrieden?«, fragt Mia, während spitze Schreie aus dem Tunnel hallen, Olaf und Sven Cora kichernd auf ihren Rücken reiten lassen und ihren Grundsatz völlig vergessen zu haben scheinen, Mädchen zu hassen, alles zu hassen, was klein ist und schwach.

»Zufrieden?«, fragt Mia noch einmal. Und Laura nickt.

»Wir müssen gehen.« Mia deutet auf die Tüte

mit Brot und Milch. »Deine Mutter wartet. Und das tut sie bekanntlich nicht gern.« Mias Stimme ist kaum zu hören, geht unter im Tunnellärm, der alles schluckt. Auch Trauer und leise Zwischentöne. »Laufen wir? Ein letztes Mal?«, fragt Mia und reicht Laura die Hand.

»Schreien wir? Ein letztes Mal?«, flüstert Laura.

»Und was?«

»Ich weiß nicht«, antwortet Laura. »Ein JA?«

»Ein JA ist gut.« Mia lächelt ihr zu.

Dann rennen sie los. Und brüllen. Und schreien. Ein JA, ihr JA.

Sie rennen an Cora vorbei, an Olaf und Sven vorbei und die Stufen auf der anderen Seite hinauf.

»Schade«, stöhnt Laura, »dass wir nur Kinder waren im Tunnel. Schade, dass die Großen in ihren Häusern sind und still.«

»Noch«, sagt Mia. »Noch sind sie still. Doch irgendwann – glaube mir – schreien sie mit.«

Mia lässt ihre Zöpfe fliegen und läuft los, die Straße entlang, zu Lauras Haus.

Weihnachten im August

»Ihr habt Besuch!«, ruft Mia und: »Wow!«

Im Garten steht ein lila-schwarz lackiertes Fahrrad mit grünem Sitz und rotem Drahtkorb, silbernen Felgen und einer faustgroßen Klingel.

Laura eilt besorgt näher. »Man kann dich hören!«, faucht sie aufgeregt und zerrt an Mias Schulter. »Brüll doch nicht so!«

»Aber ich muss ...« Mia schüttelt Lauras Hand ab. »Das Rad ist Extra-Klasse, einsame Spitze! Versuch mir jetzt nicht weiszumachen, dass es dir gehört oder deiner Mama, geschweige denn deinem Vater. Er wird darauf wohl kaum durch die Gegend strampeln, im schwarzen Anzug und mit flatternder Krawatte.«

»Ganz davon abgesehen, dass Papa weder schwarze Anzüge noch Krawatten trägt – du hast Recht, wir haben Besuch: Oma ist da.«

»Oma?« Mia fällt in sich zusammen und die Tüte nebst Inhalt zu Boden.

»Oma!«, bestätigt Laura. Dann bückt sie sich und begutachtet die kläglichen Überreste ihres Einkaufs. »Prima … Mama wird sich freuen!«

»Ich gehe!«, flüstert Mia und bleibt wie angewurzelt stehen.

»Nichts da!«, zischt Laura. »Wer Milchflaschen zerbricht und Brot in schwammige Pampe verwandelt, der hat kein Recht zu gehen: erste Laura-Regel.«

»Erste Laura-Regel? Aber …« Mia staunt.

»So ist es! Zweite Laura-Regel: In brenzligen Situationen werden Traumkinder dazu angehalten, ihre zukünftigen Töchter bei der Hand zu nehmen und nicht im Stich zu lassen. Regel Nummer drei: Ruhe bewahren und sich dem Chaos stellen!«

»Und seit wann gelten diese Laura-Regeln?«, fragt Mia verblüfft.

»Seit heute! Einwände werden nicht akzeptiert, Diskussionen darüber im Keim erstickt.« Laura klaubt mit spitzen Fingern das Plastik-Brot-Milch-Glas-Häufchen zusammen und trägt es zur Mülltonne. »Nun komm schon! Sehen kann dich keiner, und wenn du nicht gehört werden willst, musst du nichts anderes tun als schweigen.«

Mia seufzt. »Laura, ich weiß nicht, ob es mir gelingen wird, in der Gegenwart deiner Oma den Mund zu halten. Ich kann mir natürlich auf die Lippen beißen, aber eine sichere Methode ist das nicht. Nach spätestens fünf Minuten werde ich einen Schmerzensschrei ausstoßen. Ich könnte mir auch die Ohren zuhalten, um mich nicht ärgern zu müssen über Omas Sätze. Aber auch mit zugehaltenen Ohren werde ich sie sehen, Frau Sommers Mama, vor deren Wut ich aus Opas Traum davongelaufen bin.«

Mia hat Tränen in den Augen, doch Laura lässt nicht locker.

»Nun?« Laura wippt auf den Zehenspitzen. »Darf ich dich an Regel Nummer zwei erinnern?«

Folgsam streckt Mia ihre rechte Hand aus. Eine zittrige Hand, eine mit abgekauten Fingernägeln und blutig gezupfter Nagelhaut. Laura greift zu. Ein wenig Leid tut ihr Mia schon, aber niemand hat Mia gezwungen davonzulaufen. Wer davonläuft, verspielt gewisse Rechte. Unter anderem das Recht, ein zweites Mal die Flucht zu ergreifen.

Mia stolpert neben Laura zur Tür und ergibt sich ihrem Schicksal.

Im Flur beginnt Mia zu schnuppern. Gefühle

kann Mia riechen, meilenweit. Gefühle wie Wut und Zorn. Omas Wut stinkt, meint Mia. Nach Schwefel. Omas Wut tut in der Nase weh und schmerzt in ihrer Brust.

Im Flur beginnt Mia zu zittern, doch Laura zerrt sie voran, durch giftige Schwefelschwaden, die Mia den Atem nehmen.

Oma *ist* wütend. Mit einem Paket im Arm steht sie im Wohnzimmer und schießt giftige Blicke in die Richtung von Frau Sommer.

Laura spürt, dass Mia in diesem Augenblick am liebsten losschreien würde. Doch ein bittender Blick genügt und Mia bleibt still.

Da stehen sie nun, die vier: Laura mit ihrem Traumkind, Oma mit ihrem Paket im Arm und Frau Sommer mit einer Sauren-Zitronen-Miene.

»Hallo!« Lauras »Hallo!« klingt gepresst, aber irgendwie muss man sich schließlich bemerkbar machen.

Niemand reagiert. Keiner antwortet. Es herrscht winterliche Kälte in Familie Sommers Wohnzimmer.

»Ist was?« Laura schiebt Mia unauffällig zum Sofa und Mia sinkt erschöpft in die Polster.

»Was soll schon sein?«, krächzt Frau Sommer

heiser. Das Krächzen lässt darauf schließen, dass Frau Sommer bereits geschrien hat, und Oma sicherlich auch, denn einfach so lässt sich eine Oma wie Lauras Oma nicht anschreien.

»Oma spinnt!« In Frau Sommers Stimme schwingt Verzweiflung.

»Die auch?« Laura schlägt sich die Hand vor den Mund. Zu spät, gesagt ist gesagt.

»Was heißt hier, bitte schön: die auch?« Omas Vorrat an giftigen Augenpfeilen scheint unerschöpflich.

Laura duckt sich.

Und Frau Sommer keift: »Vielleicht vertragt ihr alten Leute die sommerliche Hitze nicht. Vielleicht solltet ihr auswandern, an den Nordpol zum Beispiel. Am Nordpol kühlen sich erhitzte Gemüter erstaunlich schnell ab …«

»Ach!«, schnaubt Oma. »Früher warst du nicht so frech, mein Kind!«

»Früher war früher«, kontert Frau Sommer, »und heute bin ich dir eben gewachsen.«

Laura versucht es ein zweites Mal: »Was ist denn passiert?«

»Passiert?« Frau Sommers Unterlippe schiebt sich verächtlich nach vorn. »Nichts. Nur eine unbedeutende Kleinigkeit: Deine Großmutter will Weihnachten feiern. Aber nicht in vier Monaten, sondern heute. Sie hat an alles gedacht: an Lametta, Glaskugeln, Strohsterne, Posaune spielende Holzengel ... Alles hat sie dabei, deine liebe Oma, alles, nur ihren Verstand, den hat sie bedauerlicherweise zu Hause gelassen!«

»Frechheit!« Oma legt ihr Paket auf den Tisch.

Laura hört ein leises Klirren, das sie an ihre Milchflasche und Mias Missgeschick erinnert.

»Was ist denn gegen mein Vorhaben einzuwenden?«, möchte Oma wissen.

»Was dagegen einzuwenden ist?« Frau Sommer rauft sich die Haare. Heute scheint wahrlich nicht ihr Tag zu sein. »Es ist August. Möchtest du, dass ich es dir buchstabiere? A-u-g-u ...«

»Ich bin weder alt noch vertrottelt!« Oma glüht. Laura schluckt. Und Mia beißt auf ihre Lippen, hält sich die Ohren zu und schließt die Augen.

Vielleicht hätte sich Laura auch auf die Lippen gebissen. Vielleicht hätte sie sich auch die Ohren zugehalten und die Augen geschlossen. Doch als sie Mia neben sich auf dem Sofa sieht, erkennt sie sie nicht wieder. Wo ist Mias freches Grinsen, wo ihr Lachen, wo ihr Mut und wo die Entschlossenheit, mit der sie noch vor kurzer Zeit oben im Baum geschrien hat? Es war ein Schrei gegen die Hilflosigkeit gewesen. Und gegen die Ohnmacht. Sollte er vergeblich gewesen sein, dieser Schrei, dieses »NEIN!«?

»NEIN!«, schreit Laura. Sie sitzt an ihrem ersten Ferientag auf dem elterlichen Sofa neben einem völlig verunsicherten Traumkind und schreit: »NEIN!«

Frau Sommer schaut, als hätte Laura gegackert oder gekläfft, einen Kopfstand gemacht oder sich die Beine um den Hals gelegt.

Auch Oma schaut. »Seht ihr, deswegen wollte ich feiern, hier, mit euch. Denn heute Nacht hat bei mir schon einmal jemand so geschrien wie Laura, ein kleines Mädchen mit roten Zöpfen ...« Oma blinzelt zu Frau Sommer. »Ich hatte einen Traum, einen, der immer wiederkehrte, einen, in dem ständig gestritten und gebrüllt wurde ...«

Laura sitzt kerzengerade auf dem Sofa, mit gespitzten Ohren und einem Kribbeln im Bauch.

»In diesem Traum wurde so lange gestritten und geschrien«, fährt Oma fort, »bis ein kleines, rot bezopftes Mädchen aufstand, mit der Faust auf den Tisch schlug und wie ein Tiger brüllte.«

»Was hat es denn gebrüllt, das kleine Mädchen mit den roten Zöpfen?« Frau Sommer hat beide Hände vor dem Bauch gefaltet.

»Ich habe die Schnauze voll! Ich gehe!« Lauras Stimme klingt klar und fest.

Oma lächelt. Sie lächelt traurig und ihre Augen schimmern. »Richtig. Genau das ... genau das hat es gebrüllt, das kleine Ding.«

»Und? Ist es gegangen?« Frau Sommer setzt sich zu Laura aufs Sofa.

»Ja, leider.« Oma nickt. »Ihr Vater ist noch hinter ihr hergelaufen. ›Wo willst du denn hin?‹, hat er gerufen. Da hat sie sich noch einmal umgedreht, hat die Hände in die Hüften gestemmt und mit den Füßen gestampft. ›Fort will ich ... nichts weiter ... nur fort von hier!‹, hat sie gekrächzt. ›Irgendwo auf dieser Welt muss es doch jemanden geben, der ... der – verflucht noch mal – DER NICHT SCHREIT!‹«

Es ist ganz still im Zimmer, so still, dass Mia es wagt, ihre Hände sinken zu lassen und die Augen zu öffnen.

»Und wegen dieses Traums wolltest du mit uns feiern?«, flüstert Frau Sommer.

Oma nickt.

»Aber warum ausgerechnet Weihnachten?«, wundert sich Frau Sommer.

Oma wird rot. »Ihr werdet lachen, wenn ich es euch verrate …«

»Lachen?« Frau Sommer legt den Kopf schief.

»Oder mich wieder für alt und vertrottelt halten. Mag sein, dass ihr es kindisch findet …«

Frau Sommer wird ungeduldig. »Raus damit: Warum Weihnachten?«

»Weil …« Oma ist kaum noch zu verstehen. »Weil Weihnachten das Fest der Liebe ist, und ich bin das Schreien und Streiten so leid.«

Sie sind es alle leid: Oma, Frau Sommer, Laura und Mia. Und so beschließen sie, Weihnachten zu feiern – mitten im August. Sie schmücken das Zimmer mit Lametta und Glaskugeln, Strohsternen und Posaune spielenden Holzengeln. Sie decken den Tisch feierlich mit Festtagsgeschirr, Servietten und einer Schale leckerem Gebäck. Sie tragen Kaffee auf und heiße Schokolade. Und sie singen von »Stille Nacht, heilige Nacht« bis »O du fröhliche, o du selige« alle Weihnachtslieder, die ihnen in den Sinn kommen.

Mia sitzt mit strahlenden Augen in ihrer Sofaecke und lacht über das ganze Gesicht.

Als die Tür aufgeht und Herr Sommer vorsichtig seinen Kopf ins Wohnzimmer steckt, jauchzt Frau Sommer vor Begeisterung: »Der Weihnachtsmann! Habt ihr gesehen? Der Weihnachtsmann ist da!«

Ohne zu wissen, wie ihm geschieht, wird ein verdatterter Papa zum Tisch gezerrt, wo seine Schwiegermutter steht und Christbaum spielt. Frau Sommer stopft ihm dicke Kissen unter sein Hemd, denn Weihnachtsmänner müssen rund und knuddelig sein. Laura löchert ihn derweil mit neugierigen Fragen: »Was hast du uns mitgebracht? Wo sind die Geschenke?« Sie springt an ihm hoch. Und heimlich schaut sie, ob sie ihn sieht: den Reißverschluss in Papas Haut.

Sie feiern bis zum Abend, ohne ein einziges Mal auf die Uhr zu sehen. Sie feiern, bis das Telefon klingelt. Laut, fordernd und unüberhörbar.

Oma erbarmt sich und greift nach dem Hörer.

Es ist Opa.

Opa staunt: »Du?«

»Ja, ich ...«, lacht Oma, während Papa Sommer seine Rute schwingt, die einem Staubwedel verblüffend ähnlich sieht.

»Was macht ihr?«, fragt Opa.

»Wir feiern Weihnachten!«, antwortet Oma, als sei es das Selbstverständlichste von der Welt.

»Weihnachten?«

»Das Fest der Liebe!« Oma zupft Laura einen Lamettastreifen aus dem Haar.

Opa schweigt.

»Hast du Lust?«, fragt Oma.

»Lust? Worauf?« Opas Verwirrung ist nicht zu überhören.

»Besuch uns doch – über die Feiertage!«

Da muss Opa lachen. »Würdest du dich denn über meinen Besuch freuen?«

Oma überlegt. »Ja«, sagt sie dann leise.

»Wenn das so ist«, meint Opa, »wird es Zeit für mich schlafen zu gehen. Es ist eine lange Fahrt – und wer weiß, ob es morgen nicht schneit ...«

Da muss Oma an ihren Traum denken. Und an das Mädchen mit seinem Schrei. »Ich wünsche dir eine ruhige Nacht – und einen friedlichen Traum.«

»Danke«, sagt Opa. »Den wünsche ich dir auch.«

Kaum hat Oma aufgelegt, beginnt sie zu trällern: »Morgen, Kinder, wird's was geben!«

Laura sucht Mias Blick. Sie möchte etwas sagen, aber ihr fehlt der Mut. Schließlich schluckt sie,

rückt behutsam näher und flüstert ihr ins Ohr: »Hast du gehört?«

Mia nickt, beugt sich zu Laura und drückt ihr einen dicken Kuss auf die Wange, einen echten Traumkuss. »Ich denke, Opa hat ihn verdient …«

»Wen?« Laura berührt Mias Zöpfe, die nicht nur rot und lang, sondern auch angenehm weich sind.

»Seinen friedlichen Traum ohne Streit und ohne Gebrüll, ohne Kummer und Angst.« Mia lächelt. »Mach's gut, Kleines, es war schön mit dir. Aber nun muss ich zurück, zurück in meinen Traum.«

»Nein!«, möchte Laura rufen. »Bleib bei mir! Du darfst nicht gehen!« Doch dann besinnt sie sich und fragt mit klammer Stimme: »Sehen wir uns wieder? Irgendwann?«

Mia schnappt sich einen letzten Keks und kaut genüsslich. »Heute Nacht, morgen Nacht, wann immer du willst. Du weißt ja: Ich warte …«

Und während Oma »Vom Himmel hoch« flötet und Frau Sommer den Takt dazu schlägt, verschwindet Mia durch den Abend, durch die Nacht und taucht ein in Opas Traum. Und den von Oma.

Laura lächelt leise. Sie freut sich. Auf Mia und das, was kommt.

Tina Spiegler, in Stuttgart geboren, wollte schon immer Schriftstellerin werden. Schon als Kind schrieb sie Liebesbriefe an ihre Mama und schaurigschöne Geschichten, von denen ihr selbst angst und bange wurde. Während ihres Studiums schwelgte sie in Büchern von Fontane, Aristoteles, Hegel und Kant. Als Buchhändlerin war sie von Büchern umgeben und als Mutter kam sie wieder zum Schreiben – während die Sesamstraße über den Bildschirm flimmerte und ihr fünfundzwanzig ruhige Minuten bescherte.

Die Deutsche Bibliothek – CIP-Einheitsaufnahme

Spiegler, Tina:
Mama Mia / Tina Spiegler. –
Stuttgart; Wien; Bern: Thienemann, 1997
ISBN 3 522 16983 2

Dieses Buch wurde nach den Regeln
der Rechtschreibreform gesetzt.

Gesamtausstattung: Daniela Kulot-Frisch
Einbandtypographie: Michael Kimmerle in Stuttgart
Schrift: Sabon roman und Letterine
Satz: KCS GmbH in Buchholz
Reproduktion: Repro Brüllmann in Stuttgart
Druck und Bindung: Friedrich Pustet in Regensburg
© 1997 by K. Thienemanns Verlag in Stuttgart – Wien – Bern
Printed in Germany. Alle Rechte vorbehalten.
6 5 4 3 2 1 97 98 99 00 01

Wer knipst das Licht wieder an?

Niklas Rådström

Robert und der unsichtbare Mann

144 Seiten mit Illustrationen, ab 8, ISBN 3 522 16959 X

Eines Morgens wacht Robert auf und es ist vollkommen dunkel auf der ganzen Welt. Als weder Mama noch Papa noch all die Ärzte das Licht wieder anmachen können, erhält Robert unerwarteten Besuch – von einem unsichtbaren Mann!

Niklas Rådströms erstes Kinderbuch ist eine herrliche Mischung aus Phantasie und Wirklichkeit, aus Ernst und Humor.

THIENEMANN

Und wenn ich zurückhaue?

Elisabeth Zöller
Und wenn ich zurückhaue?
128 Seiten, ab 10, ISBN 3 522 16868 2

Krissi hat Angst. Warum haben es Bossy, Henny und die anderen Schlägerkids immer auf ihn abgesehen? Dauernd lauern sie ihm auf und piesacken ihn. »Und wenn ich zurückhaue?«, denkt er. Aber er haut nicht zurück, er haut ab – und dann wird endlich einmal in der Klasse über die Gewalt geredet, die sich in der Schule breit gemacht hat. Doch es wird nicht nur geredet, es wird etwas getan.

THIENEMANN